DREAMBOOKS

DREAMBOOKS

DREAMBOOKS

무적군주 로이스

오렌 판타지 장편소설

ORIGINAL FANTASY STORY & ADVENTURE

dream books
드림북스

무적군주 로이스 12 (완결)

초판 1쇄 인쇄 2019년 4월 5일
초판 1쇄 발행 2019년 4월 19일

지은이 오렌
발행인 오영배
편집 편집부
일러스트 문필재
본문편집 오정인
제작 조하늬

펴낸 곳 (주)삼양출판사 · 드림북스
주소 서울시 강북구 도봉로 173
대표 전화 02-980-2112 **팩스** 02-983-0660
편집부 전화 02-987-9393 **팩스** 02-980-2115
블로그 blog.naver.com/dreambookss
출판등록 1999년 3월 11일 제9-00046호

ISBN 979-11-283-9402-7 (04810) / 979-11-283-9390-7 (세트)

+ 이 도서의 국립중앙도서관 출판시도서목록(CIP)은 서지정보유통지원시스템홈페이지(http://seoji.nl.go.kr)와 국가자료공동목록시스템(http://www.nl.go.kr/kolisnet)에서 이용하실 수 있습니다. (CIP제어번호: 2019011988)

무적군주
로이스
【완결】
12
오렌 판타지 장편소설
ORIGINAL FANTASY STORY & ADVENTURE
dream
books
드림북스

Contents

Chapter 1 몽환마룡(夢幻魔龍) 007

Chapter 2 파멸의 손 035

Chapter 3 초월의 힘 061

Chapter 4 미스토스 군주의 인장 089

Chapter 5 잡스러운 서큐버스 115

Chapter 6 용자가 존재하는 이유 141

Chapter 7 대마계의 총군사 167

Chapter 8 마왕들의 총공격 191

Chapter 9 암흑의 가디언 아마스 217

Chapter 10 초마화(超魔花) 사피아스 245

Chapter 11 꽃의 정화 수페르무스 271

Chapter 12 체란산의 마화 297

Chapter 1

몽환마룡(夢幻魔龍)

퍼어어억!

암흑 사제 프리뭄의 머리가 사라졌다.

스스스.

그 강력한 충격에 머리뿐 아니라 그녀의 몸체도 이내 먼지가 되어 흩어져 버렸다.

"이런!"

"말도 안 돼!"

"감히 네놈이!"

프리뭄의 남은 다섯 분신들이 기막혀하는 표정을 지었다.

군주 루나가 방패 전사 프리뭄을 잡아 둔 그 찰나에 로이스가 암흑 사제 프리뭄을 해치워 버린 것이었다.

비록 루나는 그러다 프리뭄의 분신들에게 강제 귀환 당하긴 했지만, 그녀의 희생은 결코 헛되지 않았다.

“후후, 암흑 사제가 사라졌으니 이제 좀 공평해진 것 같군. 모조리 없애 주마.”

로이스의 두 눈에서 섬뜩한 안광이 번쩍였다.

그는 지체 없이 방패 전사 프리뭄을 향해 공격을 날렸다.

“흥! 그리 쉽게 당할 것 같으냐?”

“네놈이야말로 이번에는 확실히 없애 주지.”

프리뭄의 분신들 몸체에서 붉은빛이 번쩍이더니 그들의 움직임이 대폭 빨라졌다.

촤아악! 촥!

대검 전사 프리뭄이 휘두른 거대한 대검이 로이스의 살을 마구 베었고, 어쌔신 프리뭄의 단검이 로이스의 전신을 난자했다.

푹! 푸확! 푸푸푹!

연이어 뇌전에 휩싸인 무수한 화살들이 무더기로 로이스의 몸을 강타했고, 이글거리는 화염의 기운이 끝없이 로이스의 전신을 태워 버렸다.

[맷집 202199/257980]

맷집이 다시 빠른 속도로 하락했다.

[용자 유리안의 축복 인장이 효력을 발휘합니다.]

[당신의 생명력이 하락한 만큼 공격력이 증가합니다.]

[용자 아이언의 축복 인장이 효력을 발휘합니다.]

[당신의 생명력이 하락한 만큼 방어력이 증가합니다.]

뭐 덕분에 다시 전투력이 오르고 있지만 로이스는 어리둥절했다.

'으윽! 저것들이 왜 갑자기 강해진 거지?'

이미 프리뭄 분신들의 공격 방식을 다 파악했다고 생각했는데, 갑자기 몇 배는 더 빠르게 움직이니 문제였다.

그리고 그것이 바로 초월육마분신의 무서운 점이었다.

하나의 분신이 죽게 되면 다른 분신들이 광폭 상태로 변해 더욱 강해지는 것!

'어쩔 수 없지.'

이렇게 된 이상 다시 방어는 무시한 채 공격에 전념한다.

'일단 저 방패만 죽이면 돼.'

불가사의한 방어력을 가진 방패 전사 프리뭄만 없애 버리면 나머지는 순식간에 해치워 버릴 수 있으리라.

그런데 그때였다.

"로이스! 힘내라!"

화아아악!

라피스의 몸에서 찬란한 빛이 일어나 로이스의 몸을 휘감았다.

[맷집 222199/257980]

순간 맷집이 2만 가까이 회복됐다.

라피스가 미스토스의 힘으로 회복 마법을 펼친 것이다.

그러나 로이스의 맷집이 워낙 강하다 보니 미스토스의 회복 마법으로도 단번에 2만 이상 차지 않았다.

"이런! 아직도 부상이 남아 있군. 생명력이 대체 얼마나 되는 건가?"

라피스는 연거푸 회복 마법을 펼쳤다.

화악! 화아아악!

[맷집 242199/257980]

[맷집 257980/257980]

그로 인해 로이스의 맷집은 완벽하게 회복됐다.

순식간에 말끔한 상태로 변한 것이다.

로이스는 쓴웃음을 지었다.

'굳이 이렇게 안 해 줘도 되는데.'

덕분에 상처가 아물어 신체의 고통은 사라졌지만, 생명력이 모두 회복되면서 용자의 축복 인장들이 주던 전투력 상승 효과가 사라져 버린 것이다.

"으하핫! 내가 전투 중에 뒤에서 회복 마법이나 펼치게 될 줄은 몰랐군. 얼마든지 뒤에서 지원을 할 테니 그대는 전투에 전념해라. 난 미스토스는 충분하거든."

라피스의 음성은 들떠 있었다.

잘하면 로이스가 프리뭄을 해치울 수 있을지 모른다는 생각에 신이 난 것이다.

로이스도 미소 지었다.

"고맙다, 라피스. 네 덕분에 힘이 난다."

저렇게 신이 나 있는 라피스에게 굳이 회복 마법을 펼치지 말라고 할 것까지는 없으리라.

뭐 그래도 전투에는 크게 지장은 없었다.

공격의 위력은 줄었지만 뒤에서 무한 회복을 해 주니 아주 편했다.

이제 더더욱 방어에 신경 쓸 필요 없이 공격만 하면 될 것이다.

"그만 부서져랏!"

퍼퍽! 콰콰쾅!

로이스의 주먹이 방패 전사 프리뭄의 방패를 마구 후려쳤다.

"으윽! 징그러운 놈 같으니!"

프리뭄의 방패가 점점 찌그러지기 시작했다. 그녀의 전신에서 피가 흘러내렸다.

이대로라면 방패 전사 프리뭄이 죽는 건 시간문제였다.

반면에 로이스는 부상을 입는 즉시 라피스의 회복 마법에 의해 말끔하게 회복되어 버리니 프리뭄의 분신들은 이를 갈았다.

"라피스! 저 망할 용자 놈이 감히!"

"죽여 버리겠다!"

결국 어쌔신 프리뭄이 번쩍 이동해 라피스의 가슴을 단검으로 찔렀다.

"쿠으으윽!"

라피스는 기겁하며 피했지만 한쪽 어깨에 단검을 맞고 말았다.

푹! 푸확!

연이어 옆구리와 등에 사정없이 단검의 공세가 이어졌다.

"크으윽! 으윽! 제, 제길! 미안하다, 로이스."

순식간에 만신창이가 되어 버린 라피스는 멀리 도주했다.

이대로라면 로이스를 회복시켜 주긴커녕 그 전에 자신이 죽게 생겼기 때문이다.

그런데 바로 그사이 로이스의 주먹에 드디어 방패 전사 프리뭄의 방패가 부서져 버렸다.

콰아아앙!

"아아악!"

그것은 곧 방패 전사 프리뭄의 죽음으로 이어졌다.

연달아 날아간 로이스의 주먹이 그녀의 몸체를 박살 내 버렸으니까.

"네놈이 감히!"

"용서하지 않겠다!"

방패 전사 프리뭄이 죽자 다른 분신들의 전투력이 또다시 급증했다.

그렇지 않아도 광폭 상태였는데 거기서 한 단계 더 폭주한 것이다.

번쩍! 촤아악—

대검이 공간을 가르는 순간 로이스의 가슴에서 피가 솟구쳤다.

[맷집 218972/257980]

"윽! 뭐냐?"

대검 한 방에 4만 가까운 맷집이 날아가다니!

아까와는 차원이 다른 공격!

그러나 방패 전사가 사라진 이상 전투는 로이스에게 훨씬 유리해졌다.

대검에 맞는 순간 로이스의 주먹 또한 대검 전사 프리뭄의 몸체를 가격했다.

콰아아앙!

전력을 다해 날린 공격에 용자의 축복 인장으로 인해 공격력까지 더해진 터라 대검 전사 프리뭄은 그대로 뭉개져 버렸다.

"아아아악!"

그렇게 또 하나의 프리뭄 분신이 사라졌다.

"감히!"

슈슈슈슈! 푸푸푸푸푹—

그사이 궁수 프리뭄이 날린 화살들이 공간을 뚫고 무수히 날아들어 로이스의 몸을 강타했다.

"으윽!"

[맷집 109942/257980]

맷집 10만을 날려 버린 가공스러운 화살의 공세!

이 또한 프리뭄의 분신이 그사이 또다시 강해졌기 때문에 벌어진 일이었다.

'젠장! 저것들 하나가 죽을 때마다 나머지는 점점 더 강해지는 거였군.'

물론 로이스도 당하고만 있지 않았다.

"날 공격했으면 맞을 각오도 되어 있겠지."

그는 곧바로 번쩍 이동해 궁수 프리뭄의 가슴을 후려쳤다.

콰앙! 푸화학!

로이스의 주먹이 프리뭄의 심장을 박살 내고도 모자라 등을 뚫고 뒤로 튀어나왔다.

"으으윽! 제길! 너 따위에게 내가……."

프리뭄이 비통한 표정으로 로이스를 노려보다 이내 먼지가 되어 사라졌다.

바로 그 순간.

“사라져라! 하찮은 존재여!”

콰르르릉! 쿠콰콰쾅!

번쩌쩍! 파지지지직—

물과 불, 얼음과 바람으로 이루어진 궁극의 마법들이 동시에 펼쳐져 로이스의 몸에 작렬했다.

하나의 속성이 아닌 네 가지 속성을 동시에.

그것도 모두가 극한의 위력을 가진 상태로 펼쳐질 줄이야.

“크으으윽! 망할 마법 같으니!”

[맷집 8442/257980]

로이스는 그야말로 빈사 직전의 상태가 되고 말았다.

폭주에 폭주를 거듭한 프리뭄의 분신.

그중 마법사 프리뭄이 날린 공격은 그야말로 공포스러웠다.

용자의 축복 인장으로 방어력이 대폭 상승한 로이스의 맷집을 10만이나 날려 버릴 만큼 말이다.

그러나.

[현재 당신의 생명력이 20% 이하이므로 미흐의

의지가 발동됩니다.]

[당신의 미호가 4000 소모됩니다.]

[미호 251200/259200]

[미호의 기운이 당신의 생명력을 모두 회복시킵니다.]

[맷집 257980/257980]

[당신의 공격력과 방어력이 일시적으로 대폭 상승합니다.]

프리뭄의 초월육마분신에 사기적인 광폭 능력이 있다면, 로이스에게는 더욱 사기적인 미호의 의지가 있다.

순식간에 맷집이 최대치로 회복되어 버렸다. 마법사 프리뭄의 인상이 구겨졌다.

"이런 말도 안 되는……."

"말이 안 되긴."

퍼어억!

"크아아아악!"

로이스가 번쩍 이동해 날린 주먹에 마법사 프리뭄의 전신이 무참히 박살 났다.

"네놈! 절대 용서 못 해!"

결국 마지막으로 남은 어새신 프리뭄이 로이스를 향해 빛살처럼 날아왔다.

번쩍!

눈 깜짝할 사이에 공간을 주파해 날아드는 공격!

그 속도는 윙 블레이드로도 흉내 낼 수 없을 정도로 빨랐다.

푸화아아악!

멀리서 빛이 번쩍였다 싶은 순간 로이스의 복부 한쪽이 그대로 날아갔다.

한쪽 옆구리가 아예 사라져 버린 것이다.

"으윽! 젠장!"

[맷집 43180/257980]

단 한 방 맞았을 뿐인데.

그것도 정면이 아니라 빗맞은 것이었다.

로이스가 동물적인 감각으로 급소를 피했기 때문이다.

그렇게 빗맞았는데도 이 지경이라면?

사실상 치명상이었다.

단번에 맷집의 팔 할 정도가 날아가 버렸으니까.

'징그럽게 강한 마왕이었군.'

날개 강화 등을 통해 맷집을 대거 높여 두지 않았다면 방금 전 공격에 릴리아나의 꽃밭으로 소환되고 말았을 것이다.

그러나 로이스의 입가에는 싸늘한 승리자의 미소가 맺혀 있었다.

'어쨌든 이제 끝난 건가?'

[현재 당신의 생명력이 20% 이하이므로 미호의 의지가 발동됩니다.]

[당신의 미호가 4000 소모됩니다.]

[미호 247200/259200]

[미호의 기운이 당신의 생명력을 모두 회복시킵니다.]

[맷집 257980/257980]

[당신의 공격력과 방어력이 일시적으로 대폭 상승합니다.]

일단 미호의 의지 덕분에 맷집은 완전히 회복됐다.

상식적으로는 회복이 불가능해 보이던 상처 즉, 옆구리 자체가 날아가 버렸지만 언제 그랬냐는 듯 멀쩡해진 것이다.

그뿐이 아니다.

로이스를 향해 가공스러운 공격을 펼치고 지나갔던 어새신 프리뭄이 몸을 부르르 떨더니 그를 원독 어린 눈빛으로 노려봤다.

"크으윽! 네놈이 기어코 나의 분노를 자극하는구나!"

그 말을 끝으로 그녀의 가슴과 복부가 피로 물들더니 그대로 몸이 터져 버렸다.

"으아아아악!"

처참한 비명과 함께 어새신 프리뭄이 죽었다.

이는 그녀가 로이스의 몸을 스치듯 통과할 때 로이스의 주먹이 그녀의 가슴과 복부를 한 방씩 가격했기 때문이었다.

물론 그 찰나의 순간에 로이스가 일부러 그렇게 하겠다고 생각을 했겠는가.

그냥 주먹이 알아서 프리뭄을 공격한 것일 뿐.

"뭐냐? 그런데 왜 미스토스가 그대로지?"

초월육마분신을 모두 해치웠다. 로이스는 레벨이 오르거나 미스토스가 대량으로 들어오기를 기대했는데 그대로였다.

'그럼 프리뭄이 안 죽은 건가?'

설마 여섯 개의 분신 외에 또 다른 본신이 존재한다는 말인가?

그러고 보니 방금 전 어새신 프리뭄이 한 말이 떠올랐다.

'네놈이 기어코 나의 분노를 자극하는구나!'

이 말은 죽어 가는 자가 할 말이 아니었다.

죽고 나면 분노를 분출할 방법이 없는데 저 말이 무슨 소용이겠는가.

어떤 식으로든 로이스를 향해 다시 공격을 해 오겠다는 뜻인 것이다.

아니나 다를까.

스스스스.

갑자기 사라졌던 프리뭄의 여섯 분신들이 로이스의 앞에 모습을 드러냈다.

"로이스! 네놈이 나를 진정 놀라게 하는구나."

"뭐야? 또다시 분신을 만든 거냐?"

"네 덕분에 초월육마분신은 사라졌다. 하지만 그보다 더 무서운 게 남아 있단다."

"호호호!"

"호호호호!"

프리뭄의 분신들이 요사스레 웃었다.

스스스스.

동시에 시커먼 구름이 일어나 그녀들을 뒤덮었다.

아니, 구름이라 생각했는데 그게 아니었다.

"뭐냐, 저건?"

로이스는 두 눈을 부릅떴다.

머리가 여섯 개 달린 거대한 드래곤!

그런데 그 각각의 머리는 흉측한 괴수의 형상이 아니라 엘프 소녀 프리뭄의 얼굴이었다.

하나의 거대 몸체에 뱀처럼 길게 뻗어 나온 여섯 개의 목.

그 목들의 끝에 프리뭄의 얼굴이 각각 다른 표정을 한 채 달려 있었으니.

"미스토스 군주 로이스!"

"네놈을 경계하라던 제라칸의 말을 진작 들었어야 했는데 후회가 되는구나."

"이제라도 네놈이 두 번 다시 날뛰지 못하게 만들어 주마."

프리뭄의 머리들이 각각 한마디씩 하니 정신이 없었다.

로이스는 크 웃으며 그것들을 노려봤다.

"대마계 제1위 상마왕의 진정한 정체가 바로 너였냐? 그냥 그러고 다니지 뭐 하러 귀여운 엘프 소녀의 모습을 하고 있었지?"

그러자 프리뭄의 얼굴들이 묘한 표정을 지었다.

이 와중에 로이스가 그따위 엉뚱한 질문을 하자 기가 막혔기 때문이다.

사실 그녀가 아름다운 엘프 소녀의 모습으로 변신했던 이유는 딱 하나.

대마왕 불칸의 취향에 맞추기 위함이었다.

불칸이 대마왕답지 않게 엘프 미소녀에 환상을 갖고 있었으니까.

하지만 그런 걸 로이스에게 설명해 줄 필요는 없으리라.

'저따위 애송이 놈에게 초월육마분신이 패배하다니! 로드의 얼굴을 어떻게 봐야 할지 모르겠구나.'

게다가 제9위 상마왕 에나토스도 죽었다.

심지어 불칸에게 잡혀 있어야 할 절대용자 라피스도 이곳에 있다.

이대로라면 모든 작전이 실패!

대마계로 돌아가 불칸에게 죽도록 맞을 각오를 해야 할 판이었다.

'모든 게 바로 저놈 때문이야. 용서 못 해!'

순간 프리뭄의 눈들이 일제히 붉게 빛났다.

"죽여 주마! 로이스!"

거대한 여섯 개의 입이 동시에 말을 하자 사방 공간이 우레가 울리는 듯 요동쳤다.

슥.

그때 로이스의 뒤에 금발 소년이 나타났다.

머리카락 사이로 튀어나온 두 개의 뾰족한 고양이 귀!

절대용자 라피스였다.

"로이스! 드디어 프리뭄의 최후 본체인 몽환마룡(夢幻魔龍)까지 드러나게 만들었구나. 정말 대단하다!"

라피스는 아까 어새신 프리뭄에게 만신창이 상태가 되어 도주했지만, 그사이 생명력을 완전히 회복한 후 돌아왔다.

"저걸 몽환마룡이라고 하는 거냐?"

"그래. 초월육마분신보다 훨씬 강력하다고 알려져 있어. 하지만 염려 마라! 내가 뒤에서 회복 마법을 펼쳐 줄 테니 마음 푹 놓고 싸워!"

"그냥 넌 빨리 피하는 게 좋을 것 같은데."

"무슨 소리냐? 로이스! 그대 혼자 상마왕 프리뭄을 상대하게 두고 나보고 도주하라는 건가? 나 라피스다. 절대용자 라피스! 날 믿어라."

라피스는 최대한 강인해 보이는 미소를 지었다.

귀엽게 생긴 고양이 귀만 없다면 뭔가 듬직해 보이겠지만.

로이스는 고개를 흔들었다.

"버티기 쉽지 않을 테니 조심해. 난 너까지 챙겨 줄 여유는 없거든."

"난 뒤에서 지원할 테니 염려 마. 넌 전투에만 전념……허억!"

그러나 곧바로 프리뭄의 공격이 시작된 순간 라피스의 안색은 하얗게 질리고 말았다.

"크윽! 저건 뭐냐?"

몽환마룡 프리뭄의 여섯 머리가 일제히 악룡의 형상으로 화해 검붉은 브레스를 내뿜었다.

좌아아아아—

그것은 화염도 아니고 바람도 아니었다.

알 수 없는 정체불명의 가공할 기운이 파동처럼 빠르게 전방의 공간을 쓸어버렸다.

"윽!"

"크으윽!"

두 마디의 신음.

하나는 로이스의 것이고, 다른 하나는 라피스가 낸 것이었다.

[맷집 40210/257980]

저 알 수 없는 공격 한 방에 20만도 넘는 생명력이 날아가 버렸다.

다행히 로이스는 그 즉시 미호의 의지를 통해 생명력을 회복했지만, 라피스는 그대로 먼지가 되어 사라졌다.

"이럴 수가! 미안하다, 로이스. 난 성에서 기다리겠……."

그 와중에도 로이스에게 미안하다는 말은 남기고 사라진 라피스였다.

'그러게 내가 그냥 가라고 했는데.'

라피스가 아무리 로이스를 돕고 싶다 해도 프리뭄의 공격을 버티지 못하면 불가능한 일이었다.

파동처럼 사방으로 펼쳐지는 프리뭄의 공격을 로이스가 모두 막아 줄 수 없기 때문이다.

[맷집 257980/257980]

그리고 사실 로이스에게는 굳이 회복 마법이 필요 없다.

미호의 의지를 통해 스스로 생명력 회복이 가능하니까.

퍼어억! 퍼퍼퍽—

"끄아아악!"

한 방을 맞았으니 이제 돌려줘야 할 때.

로이스는 번쩍 돌진해 프리뭄의 머리 중 하나를 박살 내 버렸다.

몽환마룡의 여섯 개 머리 중 하나가 사라진 것이다.

"감히 네놈이!"

쿠아아아아아아—!

다시금 날아오는 가공스러운 브레스의 파동!

공간 자체가 밀려오는 것처럼 영역이 방대해 피하는 것 자체가 불가능했다.

"크윽!"

각오는 했지만 전신이 찢어지는 듯 아팠다.

[맷집 39741/257980]

역시나 이번에도 20만이 넘는 맷집이 단번에 날아갔다.

[맷집 257980/257980]

물론 미호의 의지로 인해 순식간에 회복!

"후후, 이제는 내 차례인가?"

퍼어억! 퍼퍽!

"끄아아악!"

그 즉시 로이스의 주먹에 의해 프리뭄의 머리 하나가 또 박살 났다.

이에 프리뭄은 기막혀하는 표정을 지었다.

지금 그녀가 날리는 공격은 본체인 몽환마룡으로서 펼치는 최강의 공격이었다.

대마계 제2위부터 10위까지 상마왕들이 모두 몰려 있다고 해도 한 방에 모두 전멸시켜 버릴 만한 강력한 위력인데, 로이스가 그걸 두 번이나 버텨 낼 줄이야.

그뿐이 아니다.

로이스의 반격으로 머리 두 개가 날아갔다.

머리가 모두 사라지면 몽환마룡으로서의 그녀의 삶은 끝장나고 만다.

죽음과도 같은 깊은 잠을 자며 언제고 불칸이 죽었다가 다시 부활할 때만 기다려야 하는 것이다.

예전 미스토스 군주 레카온에게 죽임을 당했던 기억!

그 악몽을 어찌 잊을 수 있을까?

'그렇게 될 수는 없지. 저놈을 반드시 죽여야 해.'

다행히 몽환마룡 역시 하나의 머리가 사라질 때마다 더욱 강력해진다.

이는 분신이 하나씩 사라질 때마다 남은 분신들이 강력해졌던 초월육마분신과 흡사했다.

"호호호! 과연 이것도 받아 낼 수 있는지 보겠다, 로이스!"

콰아아아아아—

다시금 몽환마룡 프리뭄의 브레스가 펼쳐졌다.

로이스는 두 주먹을 불끈 쥔 채 머리와 가슴을 가리며 몸으로 그것을 받아 냈다.

촤악! 촥! 촤아악—

피부가 녹고 살이 터져 나가고 뼈가 으스러졌다.

머리카락은 물론 신체의 모든 털들이 다 사라졌을 뿐 아니라 복부는 내장까지 다 흘러내려 그 안이 훤히 드러나 보였다.

"크으윽! 제길!"

로이스는 이를 악물었다.

'이 상태로 살아 있다는 게 신기하네.'

그야말로 꿈에 볼까 무서운 몰골로 변했다.

[맷집 27641/257980]

하긴 단번에 맷집이 23만 가까이 날아갔으니 그럴 만했다.

[맷집 257980/257980]

물론 미호의 의지로 인해 로이스는 금세 다시 본래 상태로 회복됐다.

이에 프리뭄의 얼굴들이 기막히다는 표정을 지었다.

설마 이번에도 로이스가 버텨 낼 줄은 몰랐던 것이다.

그러나 그보다 더욱 경악스러운 상황이 벌어졌으니!

"더 이상 못 참아! 그냥 한 번에 끝내자!"

분노에 가득 찬 로이스의 일갈이 우레처럼 사방을 울림과 동시에 프리뭄의 머리 세 개가 터져 나갔다.

퍼억! 콰앙! 퍼퍽—!

“으아아악!”

“끄아악!”

“크아아악!”

한 방에 하나씩만 처치하자니 매번 공격을 당할 때마다 죽을 맛이었다.

아무리 고통에는 이력이 나 있는 터지만 맷집이 일 할 정도만 남아 있을 때의 고통은 지옥 그 자체였으니까.

그래서 이번에는 작정하고 남아 있는 머리들을 모조리 공격했다.

로이스 자신도 놀랄 만큼 불가사의한 속도로 움직이며 거의 동시에 네 개의 머리를 노린 것이다.

그러나 아쉽게도 마지막 하나의 머리는 파괴하지 못했다.

프리뭄이 다급히 강력한 배리어를 생성해 로이스의 공격을 막았기 때문이었다.

퍼억! 콰쾅! 콰콰쾅!

그러나 배리어들은 생성될 때마다 계속 박살 났다. 프리뭄은 당황했다.

‘윽! 이런 미친놈이 대체 어디서?’

로이스는 프리뭄의 정면을 공격했다가 그 즉시 후면에서 주먹을 날렸고, 위에서 발로 내리찍기도 하는 등, 그야말로 숨도 쉴 수 없을 정도로 그녀를 미친 듯이 몰아붙이고 있었다.

프리뭄은 배리어를 생성하는 것 외에는 반격할 틈도 얻지 못했다.

'이러다 정말 큰일 나겠어.'

마지막 하나 남은 머리마저 부서지면 모든 것이 끝이었다.

"프리뭄! 자신 있으면 어디 또 한 번 그 브레스를 펼쳐 봐."

로이스가 싸늘히 웃으며 외쳤다. 물론 그 와중에도 공격을 멈추지 않았다.

콰쾅! 콰아앙!

그러나 프리뭄은 브레스를 날리지 못했다.

물론 다섯 개의 머리가 사라져 극도로 광폭화된 상태인 지금이라면 그녀가 가진 가장 강력한 공격을 펼칠 수 있다.

그러나 브레스를 내뿜으려 입을 벌리는 그 틈이면 로이스가 그녀의 머리를 날려 버릴 것이다.

로이스는 바로 그것을 노리고 있었다.

마치 노련한 맹수가 먹잇감을 사냥하듯 로이스는 여유롭게 프리뭄을 계속 몰아붙였다.

'이대론 안 돼! 어쩔 수 없어. 귀환이다.'

프리뭄은 결국 최후의 생존기를 써서 도주하기로 했다.

대마계 제1위 상마왕인 그녀의 자존심이 구겨질 만큼 수치스러운 일이지만 지금 그런 걸 따지다간 죽고 말 테니까.

번쩍!

곧바로 그녀의 두 눈에서 시커먼 빛이 뿜어져 나와 로이스의 몸을 휘감았다.

“두고 보자! 조만간 네놈을 반드시 없애 버리겠다!”

어둠의 속박은 최후의 마력을 짜내 펼치는 저주이다 보니 공격을 날릴 만한 마력도 남아 있지 않았다.

그대로 다크 포탈을 통해 귀환할 정도의 마력만 남아 있을 뿐.

츠으으읏!

곧바로 포탈이 열렸다.

프리뭄은 다급히 포탈로 진입했다.

아니, 진입하려고 하는 순간이었다.

“이때를 얼마나 기다렸는지 몰라. 이제 정말로 끝장을 내 주지.”

속박으로 묶여 있어야 할 로이스가 번쩍 그녀의 앞으로 이동했다.

Chapter 2
파멸의 손

"마, 말도 안 돼! 어떻게 네놈이?"

프리뭄이 기겁하는 표정을 지었다. 몽환마룡에서 엘프 소녀의 모습으로 돌아온 그녀는 만신창이 상태로 막 다크 포탈로 진입하려던 차였다. 그런데 어느새 로이스가 그녀의 지척에 접근해 온 것이다.

이대로라면 그녀는 끝장이었다.

포탈에 들어가 사라지는 것보다 로이스의 주먹이 그녀의 머리를 박살 내는 것이 훨씬 빠를 테니까.

* 용자 데니아의 축복 인장

—하루 한 번 10카퍼스의 미스토스를 소모해 당신의 모든 상태를 완전하게 회복할 수 있음. 이때는 하락한 맷집, 소진된 미흐가 최대치까지 회복되며 각종 저주 및 속박에서도 벗어남.

바로 이 축복 인장이 주는 기적의 회생 능력!

[용자 데니아의 축복 인장이 효력을 발휘합니다.]
[당신의 모든 상태가 완전히 회복됩니다.]

맷집 257980/257980

덕분에 로이스는 맷집뿐 아니라 미흐도 최대치까지 회복됐다.

그뿐만 아니라 속박의 저주도 흔적조차 없이 사라졌다.

"죽어라, 프리뭄!"

곧바로 프리뭄을 향해 주먹을 날리려던 찰나.

갑자기 시간이 멈춘 느낌이 들 만큼 주변 모든 것이 느리게 움직였다.

정말로 시간이 멈추거나 느려진 것일까?

그것은 아니었다.

극도의 위기 상황이 발생하자 생존을 위한 본능이 로이스의 기감을 극대화시킨 것이었다.

그래서 마치 시간이 느려진 것처럼 느껴졌을 뿐이다.

'뒤쪽!'

그렇다. 로이스의 뒤쪽에서 거대한 뭔가가 환상처럼 날아들고 있었다.

콰콰콰콰콰—!

그것은 파멸의 기운으로 이루어진 손!

로이스를 움켜쥘 듯 날아오는 그 파멸의 손은 주변 공간을 그대로 소멸시키며 쇄도해 왔다.

사방 공간이 난리가 났다.

주변의 대지 자체가 수만 갈래로 갈라지더니 그대로 아래로 떨어져 내렸다.

파멸의 손이 지나는 일대에 있던 모든 것이 까마득한 어둠만 가득한 파멸의 무저갱 속으로 사라졌다.

본래라면 엄청난 굉음이 들렸어야 하지만 이상하게도 조용했다.

이는 소리가 나지 않는 것이 아니라 손의 속도가 워낙 빨라 아직 음파가 미치지 않았기 때문이었다.

아득한 공간을 주파해 날아든 파멸의 손!

마치 번개가 내리친 후 뇌성이 울리듯.

곧바로 그 손이 미쳤던 영역이 무너져 내리는 소리가 사방을 울릴 것이다.

실제로 이 순간 절대용자 라피스의 라주리 성을 제외한 일대의 주변이 천지가 개벽하는 상태로 변해 버렸다.

미스토스 방어 결계 안쪽만 무사할 뿐 그 바깥은 말 그대로 대혼돈의 재앙이 발생한 것이다.

다만 그 와중에도 어둠의 권속들인 마족과 마물들은 아무런 해도 받지 않았다.

그들이 밟고 있는 대지 또한 멀쩡했다.

'이 기운은?'

로이스는 뒤를 돌아보지 않았지만 지금 자신을 노리는 기운이 얼마나 강력한 파괴력을 가진 것인지 본능적으로 느꼈다.

그 속도도 가히 빛을 방불케 했다.

이대로 프리뭄을 향해 주먹을 날려 그녀의 머리를 박살내는 것보다, 저 파멸의 손이 로이스를 움켜쥐어 뭉개 버리는 것이 훨씬 빠를 것이다.

대체 누가 이토록 가공스러운 공격을 펼치는 것일까?

'대마왕 불칸! 그놈이야!'

대마계 최강의 존재인 불칸이 아니라면 상상조차 할 수 없는 무서운 공격!

그러나 로이스의 입가에는 이내 싸늘한 미소가 피어났다.

그것은 회심의 미소였다.

'이럴 줄 알고 내가 광휘의 막을 아껴 뒀지.'

군주의 반지로 펼치는 절대 무적의 방어기인 광휘의 막!

프리뭄에 의해 수없이 만신창이가 되었으면서도 광휘의 막을 쓰지 않은 이유는 단 하나.

언제 불칸이 나타나 프리뭄을 죽이는 걸 방해할지 모른다는 생각 때문이다.

광휘의 막은 위력이 불가사의한 만큼 대단하지만, 1나기스(1시간)에 한 번밖에 쓰지 못하니까.

'광휘의 막!'

로이스는 즉각 무적기를 펼친 후 프리뭄을 공격했다.

"그만 죽엇!"

그 순간 파멸의 손이 그의 몸을 움켜쥐었다.

쑤욱!

그러나 마치 빈 공간을 쥐듯 그 손은 로이스에게 아무런 피해도 주지 못했다.

그사이 포탈로 반쯤 진입한 프리뭄의 머리에 로이스의 주먹이 작렬했다.

퍼어억—!

"끄아아악!"

머리가 사라진 프리뭄의 몸은 잠시 부르르 떨다가 이내 먼지가 되어 흩어졌다.

파스스스—

대마계 제1위 상마왕 프리뭄의 죽음이었다.

'후!'

로이스는 안도의 한숨을 내쉬었다.

'이제 더 이상 프리뭄의 몽인 때문에 걱정할 일은 없겠네.'

[미스토스의 은총이 당신의 노력에 대한 보상을 줍니다.]

[레벨이 올랐습니다.]

[레벨이 올랐습니다.]

[레벨이 올랐습니다.]

[레벨이 올랐습니다.]

[레벨이 올랐습니다.]

[레벨이 올랐습니다.]

[레벨이 올랐습니다.]

[레벨이 올랐습니다.]

[당신의 레벨이 상급 50이 되었습니다.]

[당신의 전투력이 대폭 상승했습니다.]

[당신의 최대 맷집과 최대 미흐가 대폭 증가합니다.]

이름 [로이스]

레벨 [상급 50]

칭호 [상마왕 학살자]

신분 [미스토스 상급 기사]

맷집 289980/289980(119980+170000)

미흐 294430/294430(124430+170000)

[현재 신분에서는 더 이상 레벨을 올릴 수 없습니다.]

[더 강해지고 싶으면 미스토스 군주가 되십시오.]

단번에 무려 8단계나 레벨이 올랐다.

그로 인해 레벨이 상급 42단계에서 50단계로 껑충 뛰었으니!

미스토스 상급 기사로서 달성할 수 있는 최대 레벨이 이른 것이다.

과연 제1위 상마왕을 해치운 만큼 보상이 상상 이상이었다.

[미스토스 300000카퍼스를 얻었습니다.]

[당신의 맨손 전투 전술이 상급 최고 단계가 되었습니다.]

[당신의 맨티스거의 투지(전설)가 상급 최고 단계가 되었습니다.]

[더 강해지고 싶으면 미스토스 군주가 되십시오.]

미스토스가 무려 30만!

게다가 맨손 전투 관련 전술이 모두 상급 최고 단계다.

[상마왕의 초마력 날개(신화)를 얻었습니다.]

[프리뭄의 채찍(신화)를 얻었습니다.]

[상마궁 프리뭄이 당신을 주인으로 인식합니다.]

상마왕의 날개와 신화 등급의 채찍, 그리고 프리뭄의 상마궁까지!

그러나 로이스는 그런 것들을 보고 기뻐할 만큼 여유롭지 않았다.

콰콰쾅! 콰르르르!

쿠콰콰콰콰쾅!

이제야 사방이 붕괴되는 굉음이 귀를 찢을 듯 울린 것도 있었지만.

섬뜩한 핏빛의 갑옷을 몸에 두른 대마왕 불칸이 두 눈에 섬뜩한 광망을 번뜩이며 로이스를 노려보고 있었기 때문이다.

고오오오오오!

분노가 화산처럼 폭발한다는 게 바로 저런 것인가?

그게 어떤 건지 궁금하다면 지금 불칸의 얼굴을 보면 알 수 있을 것이다.

꿈에 봐도 심장이 멎어 버릴 것 같이 소름 끼치는 눈빛!

그 아래 일그러진 인상까지!

불칸은 말 그대로 로이스를 잡아 씹어 먹을 태세였다.

"인간! 네가 지금 무슨 짓을 한 건지 아느냐?"

"봤으면서 뭘 물어?"

로이스는 그대로 돌진해 불칸의 머리를 후려쳤다.

퍼억!

레벨이 8단계나 상승했고 맨손 전투 전술도 상급 최고 단계에 이르렀다.

아까보다 전투력이 비할 수 없이 강해진 데다 아직 광휘의 막도 사라지지 않았다.

'좋아! 이참에 불칸까지 한번 잡아 보는 거야.'

퍼퍽! 퍼퍼퍽!

그러나 마치 정체를 알 수 없는 기괴한 벽을 후려친 듯 강한 충격만 주먹에 엄습할 뿐 불칸은 별다른 타격을 받지 않았다.

그냥 주먹에 맞을 때마다 머리가 뒤쪽으로 밀려갔다가 원래 위치로 돌아오기를 반복하고 있을 뿐이었다.

'윽! 뭐가 이렇게 단단해?'

그것이 바로 불칸이 장착한 초월마린갑의 불가사의한 방어력 때문임을 로이스는 알지 못했다.

"크크큭!"

불칸이 어처구니없다는 듯 기괴하게 웃었다. 설마 자신이 말하고 있는데 로이스가 다짜고짜 달려와 주먹질을 할 줄은 상상도 못 했던 것이다.

"프리뭄을 죽였다고 나 불칸까지 우습게 보는 건가?"

불칸이 로이스를 향해 손을 휘저었다.

파아아아아―!

순간 공간이 저 멀리 지평선 끝까지 수평으로 갈라졌다.

어디까지 공격의 여파가 미치는지 눈으로 확인이 안 될 정도였다.

불칸이 왜 대마계 최강의 마왕인지를 보여 주는 공격!

그러나 광휘의 막을 몸에 두르고 있는 로이스는 멀쩡했다.

오히려 다시 불쑥 다가와 불칸을 번쩍 들어 땅에 패대기쳐 버렸다.

콰당!

그리고는 불칸을 깔고 앉아 주먹과 팔꿈치로 마구 안면을 내리찍었다.

"어디 얼마나 단단한지 보자, 불칸! 이러고도 멀쩡한지 말이야! 죽어랏!"

퍼퍼퍼퍽! 퍼퍼퍽—

"크윽! 이 하루살이 같은 놈이 감히!"

불칸이 몇 번 손을 휘둘러 로이스를 후려쳤지만 광휘의 막으로 인해 아무런 피해도 주지 못했다. 심지어 로이스를 밀쳐 낼 수도 없었다.

'이런 말도 안 되는!'

결국 불칸의 몸이 그 자리에서 사라졌다.

"뭐야? 어디로 갔어?"

로이스는 내심 당황한 상태였다.

상급 50레벨까지 달성했고 맨손 전투 전술도 최고 단계에 이르렀는데 불칸에게 큰 타격을 주지 못한다는 것이 충격이었던 것이다. 그 짧은 순간에 수십 방도 넘게 후려친 것 같은데 불칸은 그냥 인상만 조금 찡그렸을 뿐 멀쩡했다.

'뭐가 이렇게 강한 거냐?'

불칸이 프리뭄보다 최소 열 배 이상 더 강하다는 말이 이제야 실감이 났다.

'이거 쉽지 않겠네.'

게다가 그의 몸을 두른 광휘의 막이 사라졌다.

과연 광휘의 막이 없이 불칸의 공격을 받아 내며 반격을 할 수 있을까?

한편 그사이 불칸은 공간 이동을 통해 로이스의 손에서 벗어나 멀리 떨어진 곳으로 이동했다.

그 또한 속으로 무척이나 당황한 상태였다.

'저놈은 대체 뭐지?'

아까 프리뭄을 죽일 때도 그렇고, 이번에도 그렇고, 그의 공격이 전혀 통하지 않으니 이상했던 것이다.

이대로라면 그가 무슨 짓을 해도 로이스를 죽일 수 없을 것 같았다.

팟.

그런데 그때 로이스의 신형이 환영처럼 그 자리에서 사라져 버렸다.

"뭐야? 도망을?"

불칸의 두 눈에 다시 핏빛의 광망이 번쩍였다.

마법진조차 펼치지 않은 채 그의 앞에서 순식간에 종적을 감춰 버리는 능력 또한 기막힐 지경이었다.

"나 불칸이 보고 있는 앞에서 감히 도주를 하겠다? 그렇게 둘 수는 없지."

불칸은 이를 갈았다.

"네놈이 어디로 도주하건 반드시 끝장을 내 주마."

대마계의 수많은 마왕들 중 그나마 불칸이 한편으로 의지하고 있던 유일한 마왕인 프리뭄이 죽었다.

바로 그 빌어먹을 미스토스 군주 로이스에 의해 말이다.

"죽이고 또 죽이고 끝없이 죽여 주마. 또한 네놈이 가진 모든 소중한 것들을 다 없애 버리겠다. 매일 아침에 일어날 때마다 네놈은 절망에 젖어 피눈물을 흘리게 될 것이다."

미스토스가 있는 한 절대 죽지 않는 미스토스 군주!

그러나 불칸이 지금껏 미스토스 군주를 한두 명 죽여 봤겠는가.

최강의 미스토스 군주라는 레카온 역시 결국은 불칸의 손에 죽었다.

따라서 불칸은 로이스를 어떻게 하면 죽일 수 있을지 잘 알고 있었다.

절망에 빠뜨려 스스로 죽게 하거나.

미스토스를 모조리 소모하게 만든 후 죽이거나.

어느 쪽이든 불칸에게 있어서는 아주 쉬운 일이었다.

"일단 이놈이 어디로 이동했는지부터 찾아내겠다."

불칸은 로이스가 사라진 공간에 마력진을 펼쳤다.

*　　*　　*

한편 그때 로이스는 군주의 반지를 이용해 절대용자 라피스의 라주리 성으로 이동한 터였다.

군주의 반지가 가진 신비한 이동 능력!

미스토스만 약간 소모하면 마법진 같은 걸 펼치지 않고도 어디든 한 번 갔던 장소는 순간적으로 이동할 수 있다.

광휘의 막이 사라진 지금 섣불리 불칸을 상대해 봤자 우스운 꼴만 당할 것이 뻔한 일.

그래서 로이스는 일단 물러났다.

'그놈을 처치하려면 내가 좀 더 강해져야 해. 미스토스 군주부터 된 이후에 생각해 보자.'

미스토스 용병계에서는 이미 미스토스 군주가 되었지만, 그건 형식적인 신분일 뿐.

로이스는 아직 진정한 미스토스 군주가 되지 못했다.

군주의 목걸이가 인정하는 미스토스 군주 말이다.

[임무] 미스토스 군주가 될 자격을 증명하라

—7명의 용자에게 능력을 인정받는다. 6/7

—상급 50레벨을 달성한다. 50/50(완료)

상마왕 프리뭄을 죽여 단번에 레벨이 8단계나 올라 상급 50레벨을 달성!

그로 인해 미스토스 군주가 될 수 있는 두 가지 조건 중 하나는 충족했다.

이제 어떤 용자에게든 인정을 받게 되면 또 하나의 조건도 충족될 것이다.

'라피스라면 날 인정해 주겠지.'

라피스는 로이스가 상마왕 프리뭄의 초월육마분신을 해치운 장면을 두 눈으로 목격했다.

그때 라피스는 로이스에게 더없는 경외심을 보냈다.

따라서 로이스는 라피스가 자신을 인정해 주기를 기대 중이었다.

문제는 지금 라피스가 보이지 않는다는 것!

이곳은 라주리 성의 밀실.

이전에 로이스가 라피스를 처음 만났던 바로 그 장소였다.

츠으읏!

그때 로이스의 앞에 총사 로카니아가 모습을 드러냈다. 그녀는 매우 긴장된 표정이었다.

"로이스 님! 이곳으로 돌아오셨군요."

"그보다 라피스는 어디 있지?"

"라피스 님은 지금 귀환 후유증으로 잠시 휴식 중이에

요. 조금만 기다려 주세요."

아까 프리뭄의 공격에 당해 강제 귀환되었던 라피스.

사실상 죽었다가 부활한 것이나 마찬가지였다.

이전에 로이스도 그런 경험을 해 본 적이 있었던 터라 라피스가 어떤 상태인지 잘 알았다.

두 번 다시 경험하고 싶지 않은 끔찍한 기분.

로이스는 인상을 찌푸렸다. 그렇게 될 줄 알고 돌아가라고 말했던 건데.

"내 말을 듣지 않더니 결국 그 꼴이 되었군."

"대체 지금 어떤 상황이죠? 지금 라주리 성 외부 대지가 다 붕괴되어 사라져 버렸어요. 암흑의 기운으로 뒤덮여 무슨 일이 벌어지고 있는지도 알 수가 없군요."

로카니아는 초조한 표정으로 물었다.

그녀는 아직 불칸이 파멸의 손으로 주변을 초토화시켰다는 사실을 알지 못했다.

또한 로이스가 프리뭄을 해치웠다는 사실도 말이다.

프리뭄을 공격하러 갔던 라피스가 빈사 상태로 귀환해 부활 중이라 그로부터 아무런 얘기도 듣지 못했던 것이다.

"일단 프리뭄은 해치웠어. 문제는 불칸이야. 그놈에게는 공격이 전혀 먹히지가 않아."

로이스는 침울한 표정으로 말했다.

그러나 로카니아는 깜짝 놀랐다.

"정말로 상마왕 프리뭄을 해치우셨나요?"

"프리뭄은 별거 아니라니까. 불칸이 문제야."

시큰둥한 표정의 로이스를 보면 프리뭄이 별 볼 일 없는 하급 마왕쯤 되는 존재라 여겨질 것이다. 그러나 로카니아는 이내 환한 웃음을 지었다.

"와아! 세상에! 성공하셨군요! 정말 대단해요!"

로이스가 프리뭄을 처치하겠다는 말을 했을 때는 다들 기막혀했다.

그래도 그가 워낙 자신 있는 모습을 보여 일단 그렇게 밀어붙이기는 했지만.

설마 정말로 상마왕 프리뭄을 죽였을 줄이야.

"대단할 것 없다니까. 그보다 어서 라피스가 일어나 날 인정해 줘야 할 텐데."

로이스는 빨리 미스토스 군주가 되고 싶었다.

그래야 지금보다 더 강해질 수 있기 때문이다.

그런데 그때 로카니아의 안색이 갑자기 굳어졌다.

"이런! 큰일이에요."

방금 전까지 로이스가 프리뭄을 죽였다는 말에 환호하던 그녀가 왜 갑자기 저리 다급한 표정을 짓는 것일까?

"무슨 일이야? 누가 쳐들어오기라도 했어?"

"대마왕 불칸이에요. 그가 부하들과 함께 이 성을 포위했어요."

로이스는 픽 웃었다.

"아마 날 쫓아온 거겠지. 열 좀 받았을 거야. 면상을 수십 대도 넘게 후려쳤으니까."

그러자 로카니아는 기막혀했다.

세상 누가 대마왕 불칸의 면상을 수십 대나 후려칠 수 있을까?

그런데 그런 엄청난 일을 벌이고도 멀쩡히 살아 있는 이가 있었으니!

그녀의 눈앞에 있는 로이스가 바로 그였다.

"하! 그럼 불칸이 쉽게 물러날 것 같지는 않군요."

"미스토스 결계가 있는데 뭐가 걱정이야?"

"지금 불칸은 타락한 용자 제라칸과 함께 초마력대공간진의 결계를 펼치려 하고 있어요. 라피스 님이 아직 깨어나지 못한 상황이라 저걸 막기가 쉽지 않아요."

그녀는 미스토스 입체 지도를 통해 현재의 상황을 보여주었다.

로이스는 그것을 통해 라주리 성을 빙 둘러싸고 있는 불칸과 그의 부하들을 볼 수 있었다.

"이 지도는 성능이 꽤 좋네. 불칸이 열받아 있는 표정까지 생생하게 볼 수 있다니 말이야."

딱 봐도 로이스가 가지고 있는 100카퍼스 미스토스 지도보다 성능이 좋아 보였다.

"절대용자들이 오랜 연구 끝에 만들어 낸 특별한 지도에요. 적들의 동태를 아주 자세히 볼 수 있어 전쟁에서 매우 유리한 상황을 만들 수 있죠."

"유리한 상황?"

"이를테면 지금은 초마력대공간진이 펼쳐지는 걸 방해해야 하잖아요. 지금 성 주변에 빛나는 수십 개의 붉은 지점들이 보이죠?"

"응. 그 지점들은 뭐지?"

"저 지점들을 적들이 모두 장악하게 되면 초마력대공간진이 발동돼요. 그래서 지금 성의 기사들이 대거 출동해 그 지점들이 장악되지 않게 방해 중이에요."

"그렇군."

라주리 성의 주변은 이미 난장판이라 할 만큼 치열한 전쟁이 벌어지고 있었다.

대지가 움푹 꺼져 버린 상태라 공중전이 벌어지고 있었는데, 라피스의 기사들도 대부분 허공을 자유롭게 날아다니며 마족들과 용맹하게 맞섰다.

그들 중에는 하급 마왕들을 상대로도 밀리지 않는 전투

력을 보이는 이들도 제법 되었다.

과연 절대용자 중 최강이라 불리는 라피스의 기사들이었다.

그러나 문제는 불칸이었다.

불칸이 출몰한 지점은 순식간에 점령되어 버렸기 때문이다.

그뿐이 아니었다.

불칸은 용자의 기사들을 죽이지 않고 제압한 후 미스토스로 봉인해 버렸다. 물론 그 미스토스의 봉인은 불칸의 뒤를 따르는 음침한 사내로 인해 수행되었다.

타락한 용자 제라칸!

미스토스 지도에 그렇게 표시되어 있었기에, 로이스는 제라칸의 얼굴을 처음 보면서도 그가 누군지 알 수 있었다.

"바로 저놈이 제라칸이군."

"큰일이군요. 벌써 반 이상의 지점들이 점령을 당했어요. 라피스 님이 어서 깨어나셔야 막을 수 있을 텐데."

로카니아가 발을 동동 굴렀다.

로이스가 물었다.

"라피스가 깨어난다고 별수 있어? 불칸 앞에서는 상대조차 되지 않을 텐데 말이야."

"불칸이 아무리 대단해도 성 주변의 수십 개 지점을 동시에 점령할 수는 없어요. 이 지도를 보며 불칸이 없는 지점으로 이동해 그곳의 마물들을 죽이고 마기를 흩어 버리면 초마력대공간진이 펼쳐질 수 없어요."

다만 문제는 이 모든 일이 순식간에 이루어져야 하는 터라 절대용자급의 전투력을 지닌 자가 아니면 불가능하다는 데에 있었다.

오히려 지금처럼 섣불리 달려 나갔다가 불칸에게 사로잡히는 참사만 발생할 뿐이다.

그럼에도 불구하고 라피스의 기사들이 기를 쓰고 나간 것은 조금이나마 시간을 벌어 보기 위함이었다. 라피스가 깨어날 때까지 말이다.

로이스가 눈을 빛냈다.

"그럼 내가 하면 되잖아."

"정말로 도와주실 건가요? 그렇지 않아도 막 부탁드리려 했어요."

로카니아가 반색했다.

"어떻게 하는지만 알려 줘."

"그럼 저와 잠시 일체가 되셔야 해요."

"일체?"

"매번 어디로 이동해야 할지를 제가 일일이 설명하다 보면 민첩하게 대응하기가 힘들거든요. 그래서 잠시 동안 저와 로이스 님이 하나가 되는 거죠. 그럼 제가 원하는 지점에 로이스 님이 즉각 이동될 수 있어요."

"그런 편한 것도 있었군."

어디로 가서 누굴 해치워야 하는지를 일일이 보고받는 것보다 그냥 그 장소로 알아서 이동시켜 주면 싸우는 입장에서는 아주 편하다.

골치 아프게 머리 쓸 것 없이 그냥 닥치는 대로 죽이고 부수기만 하면 되니까.

"좋아. 당장 해 봐."

"네, 그럼 시작할게요."

로카니아는 오른손을 로이스의 등에 대었다.

슥.

순간 로이스는 라주리 성의 동쪽에 있는 한 지점으로 이동했다.

수백 마리의 비행 마물들이 우글거리고 있는 곳.

중앙에는 하급 마왕 젤카디우스와 수십 명의 마족들이 기세등등하게 자리를 잡고 있었다.

퍼퍼퍽—!

"크아아악!"

"꾸악!"

로이스는 가까이 갈 것도 없이 공간의 격을 펼쳐 그것들을 모조리 날려 버렸다.

[마왕의 붉은 날개를 얻었습니다.]

[미스토스 1380카퍼스를 얻었습니다.]

[마궁 젤카디우스가 당신을 주인으로 인식합니다.]

[봉인된 마력석을 얻었습니다.]

[봉인된 마력석을 얻었습니다.]

……

하급 마왕의 날개 하나 획득.

거기에 마족들을 죽이고 얻은 마력석들.

이제는 로이스에게 별로 흥밋거리가 되지 않는 하찮은 물건들이지만 그대로 알아서 아공간 창고로 들어가게 두었다.

마궁도 마찬가지다.

어쨌든 챙길 건 챙겨야 하리라.

슥.

그 순간 로이스는 환상처럼 로카니아가 있는 밀실로 들어왔다.

"대단해요! 그렇게 빨리 결계 지점을 파괴하다니요."

로카니아의 안색이 잔뜩 상기되어 있었다. 로이스의 전투력이 라피스와는 차원이 달랐던 것이다.

로이스는 씩 웃었다.

"빨리 다른 지점으로 보내 줘."

"네."

곧바로 로이스는 로카니아가 지정한 위치로 이동했다.

그곳에는 마족들만 잔뜩 모여 있었다.

한 번에 각개 격파당할 것을 우려했는지 마기가 피어나는 영역을 중심으로 넓게 포진한 상태였다.

이는 마족들이 공격당하는 사이에 불칸이 이곳으로 잽싸게 이동해 초마력대공간진의 결계 지점이 파괴되는 걸 막기 위함일 것이다.

그러나 로이스는 싸늘히 웃었다.

"그렇게 퍼져 있다고 오래 걸릴 거라 생각한다면 착각이야."

이럴 때 쓰라고 윙 블레이드가 있는 것이다.

그것도 상마왕의 초마력 날개로 펼치는 윙 블레이드!

로이스는 번개가 한 번 번쩍 내리치는 듯한 순간에 마족들을 모조리 두 쪽 내 버렸다.

Chapter 3
초월의 힘

[봉인된 마력석을 얻었습니다.]

[봉인된 마력석을 얻었습니다.]

……

슥.

그사이 환상처럼 밀실로 다시 돌아온 로이스.

로카니아가 눈 깜짝할 사이에 그를 다시 밀실로 소환했지만, 마력석들은 알아서 아공간 창고에 다 들어간 후였다.

모든 전리품은 직접 손으로 챙길 필요 없이 적을 해치우면 즉각 아공간 창고로 들어가니 혹시 하나라도 빠뜨릴까 염려하지 않아도 되는 것이다.

"대단해요! 이런 식이면 불칸이 무슨 수를 써도 초마력 대공간진은 발동되기 힘들 거예요."

"어서 다른 곳으로나 보내 줘."

로이스는 미소 지었다. 로카니아는 고개를 끄덕였다.

"네. 그럼 계속 수고해 주세요."

슥.

마치 로이스가 그 자리에 서 있고 주변만 확 변하는 것처럼 눈 깜짝할 사이에 공간 이동이 이루어졌다. 그리고 그 앞에는 예외 없이 마족들과 마물들이 우글거렸다.

번쩍!

이번에도 윙 블레이드!

속도로 치자면 이것만 한 게 없다.

가볍게 마족들을 처치하면 알아서 귀환.

이런 식으로 로이스는 불칸이 점령해 결계 지점으로 만들어 둔 곳들을 모조리 파괴해 나갔다.

그러자 불칸이 이를 갈았다.

"감히! 정말 나와 해보자는 건가? 크크큭! 어디 누가 이기나 끝까지 가 보자!"

그때부터 불칸은 각 결계의 지점마다 소수의 마물만 배치했다.

어차피 강력한 마왕이나 마족들을 배치해 봤자 로이스가 나타나면 애꿎게 희생될 거라 차라리 마물 몇 마리를 배치해 결계 지점만 점령해 두는 식이었다.

로카니아가 한숨을 내쉬었다.

"불칸이 정말로 작정을 한 것 같군요. 이대로 멈추지 않을 기세예요."

"설마 몇 날 며칠을 저러려고?"

"일 년이건 백 년이건 하고도 남을 자죠."

그 말에 로이스는 흠칫했다.

"뭐! 백 년?"

"네. 지금 정도면 불칸에게 마기 소모가 거의 없는 터라 마기를 쓰는 족족 그 마기가 다시 회복될 거예요. 따라서 그가 영원히 저렇게 한다면 막을 방법은 없어요."

"그럼 안 되지."

로이스는 인상을 찌푸렸다.

벌써부터 슬슬 지겨워지기 시작하는데 이 짓을 영원히 해야 한다면 끔찍한 일이었다.

슥.

그렇게 말을 하는 와중에도 로이스는 로카니아가 보내는 공간에 가서 마물들을 쓸어버렸다.

슥.

그리고 귀환.

"젠장! 빨리 라피스가 깨어나야지 난 계속 이 짓은 못 해."

불칸이 미친 척하고 이곳에서 영원히 저 짓을 반복하면 최악이었다.

라피스만 깨어나면 로이스는 그냥 꽃밭으로 돌아갈 생각이었다.

그러다 인정을 받지 못하면 어쩔 수 없다.

라피스가 아닌 다른 용자에게 인정을 받으면 되는 일.

어떻게든 미스토스 군주만 되면 지금보다 강해질 거고, 또한 거기서 또 강해질 수 있는 길이 열리게 될 테니까.

그렇게 충분히 강해진 이후에 불칸을 해치우면 되는 것이다.

슥. 슥.

그사이에도 또 한 지점의 마물을 격퇴.

"아직 라피스는 안 깨어났어?"

"네."

로카니아는 죄송스러워하는 표정이었다.

"깨어나면 말해."

로이스는 그사이 또 다른 결계 지점을 파괴하고 돌아왔다.

슥슥. 슥슥. 슥슥.

사라졌다가 나타났다가.

그런 식으로 대체 얼마를 반복했는지 모른다.

로이스를 지속적으로 결계 지점으로 보내며 뭔가를 골똘히 생각하던 로카니아가 돌연 두 눈을 빛냈다.

"로이스 님! 만약 저 지도에서 회색으로 빛나는 지점을 공격해 타락한 용자 제라칸과 그의 부하들을 죽일 수만 있다면 불칸이 물러날지도 몰라요."

"그래?"

"어차피 초마력대공간진은 미스토스의 힘으로 펼치는 거라 미스토스의 힘을 쓸 수 있는 이들이 사라지면 발동이 불가능하죠. 또한 그들이 사라지면 현재 미스토스의 귀환을 펼치지 못한 채 붙잡혀 있는 기사들도 모두 구할 수 있어요."

성공만 하면 아군의 포로까지 모두 귀환시킬 수 있는 기막힌 작전!

"그럼 진작 말하지 그랬어."

"문제는 그곳에 여러 겹으로 결계가 펼쳐져 있어 모조리 깨부수고 들어가려면 시간이 걸릴 거라는 점이에요. 그사이 불칸이 공격해 오면 당할 수밖에 없어요. 하! 그러고 보니 제가 말도 안 되는 생각을 한 것 같군요."

로카니아는 사실 이것이 매우 터무니없는 작전이라는 사실을 알고 있었다. 이는 절대용자 라피스라 해도 시도해 볼 수 없는 불가능에 가까운 임무니까.

그런데 왠지 로이스라면 가능할지도 모른다는 생각에 말해 본 것이었다.

그런데 로이스는 자신 있게 씩 웃었다.

"말이 안 되긴. 아주 말이 잘 되는 작전이야. 난 불칸이 공격해 와도 충분히 대비가 되어 있거든."

그렇다.

그사이 1나기스의 시간이 흐른 상태라 군주의 반지로 펼치는 광휘의 막을 다시 쓸 수 있게 됐다.

따라서 불칸이 나타나 공격을 해도 그것을 무시한 채 제라칸 일당을 해치워 버리는 건 어려운 일이 아니었다.

"날 어서 그쪽으로 보내 줘."

"부디 조심하세요, 로이스 님."

로카니아는 간절한 눈빛으로 로이스를 쳐다봤다.

만일 이 작전만 성공한다면 로이스는 이곳뿐 아니라 모든 절대용자들의 은인이자 영웅이 될 것이다.

절대용자들로 변신했다가 불칸에게 잡혀 죽을 고생을 하고 있는 일곱 기사들도 무사히 귀환할 수 있게 될 테니 말이다.

지금 그들도 제라칸이 있는 결계 안에 갇혀 있는 상태였으니까.

슥.

곧바로 로이스가 이동한 곳은 라주리 성에서 약간 떨어져 있는 지점이었다.

어둠의 힘으로 가로막힌 결계.

동시에 제라칸이 펼친 미스토스의 결계도 펼쳐져 있었다.

로카니아의 음성이 들려왔다.

—미스토스 결계는 제가 흩어 버릴 수 있어요. 로이스 님은 어둠의 결계만 공격해 파괴하시면 진입할 수 있어요.

"좋아!"

사실 로카니아의 도움이 없이도 로이스는 미스토스의 결계를 파괴할 수 있다.

그의 날개 안에서 대기 중인 정령들에게 시키면 되기 때문이다.

심지어 그 정령들을 이용해 타락한 용자나 그의 부하들을 미스토스로 봉인하는 것도 가능했다.

그러나 그러려면 완전히 우세인 상태여야 한다.

적을 죽이지 않은 상태에서 봉인한 후 그들을 끌고 돌아와야 하니까.

불칸이 두 눈을 시퍼렇게 뜨고 있는 지금은 불가능한 일.

따라서 제라칸과 그의 일당을 모조리 쓸어버려서 아군의 기사들이 무사히 귀환할 수 있게 하면 이번 작전은 성공이었다.

더불어 초마력대공간진의 발동도 저지할 수 있게 될 것이다.

[전방에 용자 제라칸의 미스토스 방어 결계가 존재합니다.]

[라주리 성의 총사 로카니아에 의해 미스토스 방어 결계가 사라졌습니다.]

[전방에 어둠의 방어 결계가 존재합니다.]

[진입하려면 결계의 장벽을 파괴해야 합니다.]

[방어 결계의 내구도 1000000/1000000]

이는 물론 군주의 목걸이가 파악해서 알려 주는 내용이었다.

콰앙!

로이스는 대뜸 전방의 공간을 향해 주먹을 갈겼다.

시간을 다투는 일이다 보니 전력을 다해 날린 공격이었다.

[방어 결계의 내구도 75328/1000000]

한 방에 25000정도 되는 내구도가 사라졌다. 그렇다면 세 방만 더 치면 끝이리라.

쾅! 콰쾅!

[방어 결계의 내구도 0/1000000]

[어둠의 방어 결계가 사라졌습니다.]

"후후, 좋아!"

드디어 어둠의 방어 결계를 없앴다.

그런데 그게 끝이 아니었다.

[전방에 미스토스 방어 결계가 존재합니다.]

[라주리 성의 총사 로카니아에 의해 미스토스 방어 결계가 사라졌습니다.]

[전방에 어둠의 방어 결계가 존재합니다.]

[진입하려면 결계의 장벽을 파괴해야 합니다.]

[방어 결계의 내구도 2000000/2000000]

안쪽에 또 한 겹의 결계가 펼쳐져 있는 상태였다.

미스토스 결계는 로카니아가 없애 버렸지만, 어둠의 방

어 결계는 방금 전 것보다 두 배나 되는 내구도를 가지고 있었다.

콰콰쾅! 콰콰쾅!

로이스의 주먹이 전방을 마구 후려쳤다.

딱 여섯 방!

[방어 결계의 내구도 0/2000000]

[어듭의 방어 결계가 사라졌습니다.]

이로써 두 번째 결계 장벽마저 파괴했다.

문제는 아직 하나 더 남았다는 것!

안쪽으로 제라칸과 그의 부하들, 또한 피투성이가 된 채로 신음하고 있는 용자의 기사들이 보였다.

[전방에 미스토스 방어 결계가 존재합니다.]

[라주리 성의 총사 로카니아에 의해 미스토스 방어 결계가 사라졌습니다.]

마지막 미스토스 결계는 역시 로카니아에 의해 제거되었다.

그리고 이제 최후로 남은 건 어둠의 방어 결계.

[전방에 어둠의 방어 결계가 존재합니다.]

[진입하려면 결계의 장벽을 파괴해야 합니다.]

[방어 결계의 내구도 4000000/4000000]

그래 봤자 내구도가 4백만이니 열두 방만 치면 된다.

그런데 바로 그때였다.

"크크큭! 네놈이 드디어 내 앞에 다시 나타났구나. 이번에는 결코 놓치지 않겠다."

불칸이 번쩍 로이스의 뒤쪽에 나타났다.

그의 오른손에는 아까와는 달리 심상치 않은 빛이 번쩍이는 검이 들린 상태였다.

츠츠츠츠.

그 빛이 비추는 주위의 공간이 어그러지고 있었다.

초월암흑검!

드디어 불칸이 그것을 빼 든 것이다.

힐끗 고개를 돌려 뒤를 노려본 로이스는 한눈에 불칸의 검이 엄청난 무기라는 걸 알아봤다.

검으로부터 미증유의 기운이 느껴졌기 때문이다.

과연 광휘의 막이 저 검의 공격을 막을 수 있을까?

아무리 무적의 방어기라 해도 한계가 있을 테니까.

번쩍—!

그때 불칸이 대뜸 로이스의 머리를 가격했다.

초월암흑검으로 내리친 일격.

그런데 그 또한 로이스의 몸을 그냥 통과해 버렸을 뿐 아무런 타격을 주지 못했다.

이에 로이스는 쾌재를 불렀다.

'막아 냈어!'

그사이 로이스는 전방을 후려치고 있었다.

콰콰쾅! 쿠콰콰쾅…….

[방어 결계의 내구도 0/4000000]

[어둠의 방어 결계가 사라졌습니다.]

이로써 모든 어둠의 방어 결계가 파괴되었다.

그리고 그 안에는 경악한 표정으로 제라칸과 그의 일당들이 두려움에 떨고 있었다.

"네, 네놈은 대체 뭐냐?"

"제라칸! 넌 절대 용서 못 한다! 기다려라! 네가 가진 모든 성과 거점을 다 파괴하고 너 또한 완전히 죽여 줄 테니까."

그 말과 함께 로이스는 공간의 격으로 제라칸의 가슴을 후려쳤다.

퍼어억!

"크아아아악!"

제라칸의 심장이 그대로 터져 버렸다. 물론 터지기 직전 미스토스의 힘에 의해 강제 귀환되어 죽지는 않았을 것이다.

퍼퍽! 퍼퍼퍼퍽!

이어서 로이스는 제라칸의 부하들도 모두 처치했다.

그 순간 그들에 의해 귀환을 하지 못했던 용자의 기사들이 깜짝 놀랐다.

"오오! 이런 놀라운 능력을 가진 자라니!"

"감사합니다, 미스토스 군주 로이스 님!"

"오늘 당신의 은혜를 잊지 않겠습니다."

그중에서는 로이스의 정체를 알아보는 이들도 적지 않았다.

특히 불칸에 의해 붙잡혀 온갖 고문을 다 당했던 일곱 기사들은 이게 꿈인가 싶었다.

그들은 말 그대로 죽을 각오를 한 터였다. 본래 상마왕을 제거하는 작전이 성공해도 그들은 불칸의 포로가 되어 풀려날 수 없을 거라 생각했기 때문이다.

그런데 로이스에 의해 이런 기적이 벌어진 것이다.

로이스가 다급히 말했다.

"다들 어서 귀환해. 시간이 없어."

"예, 로이스 님."

그들은 즉시 미스토스 귀환을 펼쳐 모두 각자가 속한 성으로 복귀했다.

그 와중에 가장 황당한 이는 물론 불칸이었다.

그사이 로이스를 향해 초월암흑검을 연거푸 휘둘렀지만 여전히 아무런 타격도 주지 못했던 것이다.

그런 와중에 로이스에 의해 제라칸 일당이 제거되어 포로들이 모조리 귀환해 버렸으니!

"정말 기막힌 놈이로군."

너무 화가 나니 오히려 웃음이 터져 나왔다.

"크큭! 크크크큭! 크카카카카카!"

분노가 극한에 달하면 나오는 그 특유의 광소!

"로이스! 네놈은 절대 여길 빠져나가지 못한다! 반드시 죽인다!"

불칸의 손에서 초월암흑검이 사라졌다.

동시에 그의 어깨에서 거대한 날개가 펼쳐졌다.

파멸의 기운으로 이루어진 대마왕의 날개!

분노한 불칸이 그가 가진 가장 강력한 공격을 준비했다.

"모조리 파괴해 버리리라!"

번쩍! 번쩌쩌—쩍!

눈 깜짝할 사이에 윙 블레이드가 몇 번이나 날아들었는지 로이스조차 알 수 없었다.

사방의 공간이 두 개로, 네 개로, 여덟 개로…….

그렇게 무수히 쪼개져 버렸다.

콰콰쾅! 콰르르르! 쿠콰콰콰쾅!

인근에 있던 모든 것이 다 박살 나고 부서졌다.

심지어 불칸의 부하들인 마족들과 마물들도 휘말려 가루로 변했다.

'젠장! 엄청나네.'

무슨 세상의 종말이라도 온 것일까?

대마왕의 윙 블레이드가 얼마나 엄청난 파괴력을 지니고 있는지 두 눈으로 목격하고도 믿기지 않을 정도였다.

물론 로이스는 광휘의 막으로 인해 멀쩡했다.

느긋하게 팔짱을 낀 채 사방 천지가 혼돈과 같은 대재앙으로 무너지고 있는 모습을 구경 중이었다.

그러던 일순.

불칸이 인상을 찌푸리며 윙 블레이드의 공격을 멈췄다.

"빌어먹을! 도무지 공격이 통하지 않다니! 대체 네놈은 뭐냐?"

"뭐긴! 바로 이거지."

불칸이 공격을 멈춘 그 틈을 노려 로이스는 번쩍 그의 앞으로 이동했다. 오른팔로 불칸의 목을 휘감아 바닥으로 내팽개쳤다.

콰당!

어차피 물리적으로는 별다른 피해를 주지 못하니 정신적인 타격이나 주자는 생각에서였다.

"불칸! 난 널 얼마든지 죽일 수 있다. 하지만 그렇다고 널 지금 바로 죽이면 너무 싱겁고 재미없겠지. 그러니 오늘은 특별히 살려 주겠어."

로이스는 정말로 싱거워 죽겠다는 듯 조소를 흘렸다.

불칸이 인상을 확 구기더니 웃기지 말라는 표정을 지었다.

"그 말을 나보고 믿으라는 거냐?"

"다음에 보면 알게 되겠지."

로이스는 그 말을 끝으로 그 자리에서 사라졌다.

팟.

군주의 반지를 통해 라주리 성으로 귀환한 것이다.

그러자 불칸은 잠시 혼란스러운 표정으로 그 자리에 앉아 있었다.

분노는 이미 극에 달했다.

그가 펼칠 수 있는 최후의 필살기까지 동원했다.

그런데도 로이스를 해치우지 못했다는 사실이 믿기지 않았던 것이다.

"뭔가 이상해! 내 공격이 왜 통하지 않는 것인가?"

미스토스 군주 레카온에게도 이 같은 능력은 없었다.

그래서일까?

불칸은 불현듯 로이스의 말이 사실일지도 모른다는 불안감이 엄습했다.

'불칸! 난 널 얼마든지 죽일 수 있다.'

물론 말도 안 되는 일이었다. 그저 로이스가 허풍을 떨고 도주한 것이란 생각이 들면서도 한편으로 불안했다.

'이대로는 안 되겠군.'

로이스가 있는 한 라주리 성을 함락시키는 건 불가능했다.

설령 타락한 용자 제라칸을 다시 데려온다 해도 말이다.

더구나 지금 난관에 처한 이들은 불칸만이 아니었다.

절대용자들이 없는 틈을 타 그들의 성을 점령하러 간 상마왕들은 아직도 난전만 거듭한 채 그 어떤 승전의 소식을 전하지 못하고 있었다.

이는 그곳 성에 절대용자들이 남아 지키고 있었기 때문이다.

불칸이 이를 갈았다.

'날 속인 것이로군. 프리뭄조차 속은 것이 분명해. 나를 비롯한 대마계가 용자 놈들에게 철저히 우롱당한 것이다.'

그 와중에 제1위 상마왕 프리뭄과 제9위 상마왕 에나토스가 죽었다.

『모두 철수한다! 대마궁으로 복귀하라!』

불칸은 모든 상마왕과 중마왕들에게 자신의 뜻을 전했다.

그러자 상마왕과 중마왕들은 즉각 불칸의 명령에 따라 전쟁을 중지하고 퇴각했다.

"크카카카카카카카! 이거 참 재미있군."

곧바로 불칸은 사방이 떠나가도록 크게 웃었다. 그러나 그의 두 눈은 소름 끼치도록 차갑게 번뜩였다.

'기대해라! 나 불칸이 어떻게 오늘의 일을 갚아 주는지 말이야.'

불칸은 이글거리는 증오를 내뿜으며 그 자리에서 사라졌다.

한편 그렇게 불칸과 그의 모든 부하들이 철수하는 모습을 로이스는 라주리 성의 밀실 안에서 미스토스 입체 지도를 통해 지켜봤다.

신기한 것은 불칸이 그렇게 사라지자 땅이 무너져 내려 공역(空域)처럼 변해 버렸던 라주리 성의 주변이 언제 그랬냐는 듯 정상으로 돌아왔다는 것이었다.

숲도 그대로였고 호수와 강들도 아무 일 없었다는 듯 평화롭게 흐르기 시작했다.

어찌 저럴 수 있을까?

이제 로이스는 그런 걸 보고도 놀라지 않았다.

무한의 대륙 중 하나인 샤론 대륙이나 사파룬 대륙 같은 곳에서는 얼마든지 벌어질 수 있는 일이니까.

"후! 일단 한숨은 돌렸네."

"한숨을 돌리다뇨? 이건 엄청난 승리에요! 대승을 거둔 거라고요!"

로카니아는 감격에 복받친 표정으로 말했다.

불칸의 공격을 무시한 채 타락한 용자 일당을 강제 귀환시키고 아군의 포로들을 구출해 온 로이스의 활약!

그것은 보면서도 믿기지 않는 기적 같은 일이었다.

그러나 로이스는 고개를 흔들었다.

"그래 봤자 불칸을 해치우지 못하면 별 의미 없는 일이야."

"프리뭄의 죽음은 불칸의 오른팔을 잘라 버린 거나 다름없어요. 불칸이 아무리 강하다고 해도 혼자서는 한계가 있죠. 프리뭄이 사라진 이상 아군의 작전이 노출될 위험도 줄었고, 절대용자들 또한 움직이기 편해졌어요."

하긴 상마왕 프리뭄을 죽인 건 쾌거이긴 하다.

덕분에 앞으로 프리뭄의 몽인에 대한 걱정은 덜었으니까.

"그나저나 라피스는 언제 깨어나는 거지?"

"난 이미 깨어났다. 프리뭄은 어떻게 됐나, 로이스?"

밀실 안에 환영처럼 나타난 고양이 귀의 소년.

라피스는 여전히 뭔가 맥이 풀린 기색이었다. 강제 귀환의 후유증 때문이었다.

잠에서 막 깨어난 상태라 그는 아직 무슨 일이 벌어졌는지 알지 못했다. 총사 로카니아가 미소 지었다.

"프리뭄은 죽었어요, 라피스 님. 로이스 님이 해치우셨죠."

"오! 그게 정말인가?"

"뿐만 아니라 불칸의 습격으로부터 라주리 성을 지켜주시고, 포로가 되었던 용자의 기사들도 구출해 내셨어요."

로카니아로부터 로이스의 활약을 들은 로이스의 표정은 감탄과 경악, 기쁨으로 물들었다.

"정말 대단하구나, 군주 로이스! 그대가 아니었다면 라주리 성에 큰 위기가 닥치고 말았을 거야."

불칸이 직접 초마력대공간진을 완성했다면 지금쯤 라주리 성은 최악의 상황이 벌어졌을 것이다.

라피스는 잠에서 깨어나지도 못한 채 라주리 성과 함께

최후를 맞이했을지도 모를 일이었다.

“그대는 나 라피스와 라주리 성의 은인이다. 또한 모든 절대용자들의 은인이기도 하다. 그대로 인해 미스토스 용병계와 용자들의 오해도 풀릴 수 있게 되었으니, 그 고마움을 무엇으로 표현해야 할지 모르겠구나.”

그러자 로이스는 뭔가 기대감이 가득한 눈빛으로 라피스를 쳐다봤다.

말로만 고마워하는 건 필요 없다.

‘그럼 어서 날 인정해라, 라피스. 그리고 축복 인장 같은 걸 주면 더 고맙겠지.’

이런 걸 대놓고 말하자니 좀 우습긴 해서 기다리는 중이었다.

물론 만약 계속 반응이 없으면 말을 해서라도 받아 낼 생각이긴 했지만.

[용자 라피스가 당신의 능력을 인정했습니다.]

그런데 다행히 알아서 라피스가 로이스를 인정해 주었다.

‘오! 드디어!’

로이스의 가슴이 세차게 뛰었다.

[임무 조건] 7명의 용자에게 능력을 인정받는다.
—용자 아시엘에게 능력을 인정받았음
—용자 칼리스에게 능력을 인정받았음
—용자 데니아에게 능력을 인정받았음
—용자 유리안에게 능력을 인정받았음
—용자 아이언에게 능력을 인정받았음
—용자 레온에게 능력을 인정받았음
—용자 라피스에게 능력을 인정받았음

[당신은 7명의 용자에게 능력을 인정받았습니다.]

[임무] 미스토스 군주가 될 자격을 증명하라
—7명의 용자에게 능력을 인정받는다. 7/7(완료)
—상급 50레벨을 달성한다. 50/50(완료)

[당신은 미스토스 군주가 될 자격을 증명했습니다.]
[당신의 신분이 미스토스 군주가 되었습니다.]

'후후!'

드디어! 드디어!

'미스토스 군주가 되었어!'

이게 얼마나 고대했던 일인가?

바로 이 날을 위해 수없이 많은 마왕과 마족들을 죽이고 또한 용자들을 도와왔다.

[레벨의 한계가 사라집니다.]

[당신의 레벨이 초월 1이 되었습니다.]

[당신의 전투력이 대폭 상승합니다.]

[당신의 최대 맷집과 최대 미호가 대폭 증가합니다.]

이름 [로이스]

레벨 [초월 1]

칭호 [상마왕 학살자]

신분 [미스토스 군주]

맷집 1170000/1170000(1000000+170000)

미호 1170000/1170000(1000000+170000)

레벨이 다시 1이 됐지만, 이번엔 초월 등급으로 바뀌었다.

맷집과 미호가 몇 배로 늘어났고, 전신에 상상도 할 수 없는 힘이 느껴졌다.

[당신은 초월자의 영역에 들어섰습니다.]

[당신은 초월의 힘을 다룰 수 있게 되었습니다.]

[새로운 칭호 초월자를 획득했습니다.]

* 초월자

—칭호 등급 : 초월

—장착 시 모든 전술의 숙련도 상승 속도 대폭 증가

—장착 시 모든 공격에 초월의 힘이 작용

—장착 시 모든 방어에 초월의 힘이 작용

—장착 시 휘하 모든 권속의 능력 및 성장 속도가 대폭 증가

—장착 시 최대 맷집 500000 증가

—장착 시 최대 미흐 500000 증가

—초월자의 위압 1단계

'초월자가 되었다고?'

로이스의 두 눈이 휘둥그레 커졌다.

게다가 새로운 칭호까지!

그것도 초월자라는 멋진 칭호라면?

이런 거라면 망설일 필요가 없었다.

로이스는 즉시 새로운 칭호를 장착했다.

[당신의 모든 공격에 초월의 힘이 추가되어 공격력이 대폭 상승합니다.]

[초월의 힘이 깃든 적의 무기에 대한 방어력이 대폭 상승합니다.]

[당신의 최대 맷집이 500000 증가합니다.]

[당신의 최대 미호가 500000 증가합니다.]

이름 [로이스]

레벨 [초월 1]

칭호 [초월자]

신분 [미스토스 군주]

맷집 1620000/1620000(1000000+620000)

미호 1620000/1620000(1000000+620000)

초월의 힘을 다룰 수 있게 될 줄이야!

그러나 과연 그 초월의 힘이 무엇을 뜻하는지는 구체적으로 알 수 없었다.

그러나 미스토스 군주가 되기 전에 비해 뭐라 표현할 수 없을 만큼 강해졌다는 것은 확실했다.

일부러 의식하지 않는데도 주변의 방대한 영역에서 벌어지는 일들이 가까이에서 보는 듯 선명하게 들어왔다.

오감의 능력이 수백 아니, 수천 배는 증가한 것 같았다.

그러나 그것이 전혀 혼란스럽거나 하지 않고 매우 자연스러웠다.

너무나 당연히 그런 것에 적응하고 있는 스스로가 오히려 이상하게 느껴질 정도였다.

'초월자란 이런 건가 보네.'

로이스는 씩 웃었다.

Chapter 4

미스토스 군주의 인장

그사이에도 군주의 목걸이는 많은 내용을 알려 주고 있었다.

[맨손 전투 전술의 한계가 사라집니다.]
[당신의 맨손 전투 전술이 초월 1단계가 되었습니다.]

[맨티스거의 투지(전설)의 한계가 사라집니다.]
[맨티스거의 투지(전설)가 전쟁신의 투지(초월)로 바뀌었습니다.]

[전쟁신의 투지가 초월 1단계가 되었습니다.]

각종 무기 전술 등은 여전히 상급 단계에 머무르고 있지만, 역시나 맨손 관련 전투 기술들은 모두 초월의 영역에 들어섰다. 게다가 맨티스거의 투지는 전쟁신의 투지라는 초월 등급의 능력으로 바뀌었다.

그런데 그뿐이 아니었다.

[초월자가 된 당신은 무기 장착에 대한 한계가 사라집니다.]

[당신은 무기를 장착해도 더 이상 전투력이 하락하지 않습니다.]

'이건 아주 반가운 얘기네.'

검을 손에 쥐고 있다고 해서 전투 감각이 더 이상 떨어지지 않는다는 뜻.

물론 그래도 맨손일 때가 가장 강하겠지만, 무기를 들어도 약해지지 않게 됐으니 얼마나 다행인가.

[당신의 신분이 미스토스 군주가 되자 수호 요정 릴리아나의 신분도 상승합니다.]

[릴리아나가 군주 수호 요정이 되었습니다.]

[릴리아나의 능력이 대폭 상승합니다.]

[이후로 릴리아나가 사용하는 미스토스의 소모량이 대폭 감소합니다.]

릴리아나가 상급 수호 요정에서 군주 수호 요정이 되었다.

그로써 능력이 대폭 상승했다고 하니 꽃밭 결계를 더욱 강화해서 공간을 안전하게 보호할 수 있을 것이다.

'릴리아나에게 가 봐야겠어.'

로이스가 미스토스 군주가 된 것을 가장 기뻐할 존재는 릴리아나이니까.

번쩍!

그런데 그때 로이스의 목에 걸린 군주의 목걸이가 다시 환하게 빛났다.

화아악!

동시에 오른 손가락에 낀 군주의 반지에서도 빛이 일었다.

[미스토스 군주가 된 당신에게 특별한 능력이 주어집니다.]

[미스토스 군주의 인장을 각성했습니다.]

* 미스토스 군주의 인장

—미스토스를 소모해 지정한 용자에게 인장을 새길 수 있으며, 언제든 거둘 수 있음.

—군주의 인장을 받은 용자가 사망 시 미스토스로 부활시킬 수 있음.

—당신에게 용자의 축복 인장을 펼쳐 준 용자에게는 자동적으로 군주의 인장이 새겨짐.

—초월 레벨이 상승하면 보다 많은 용자에게 군주의 인장을 새길 수 있음.

[현재 초월 1레벨인 당신은 최대 7명의 용자에게 군주의 인장을 새길 수 있으며, 현재 6명에게 인장을 새긴 상태입니다.]

[용자 아시엘]

[용자 칼리스]

[용자 데니아]

[용자 유리안]

[용자 아이언]

[용자 레온]

모두 로이스에게 축복 인장을 펼쳐 준 용자들이었다.

놀랍게도 그들에게 최악의 상황이 발생해 죽는다 해도 미스토스 군주인 로이스의 인장으로 인해 미스토스만 소모하면 되살릴 수 있다는 얘기였다.

로이스가 살아 있는 한 그들은 절대 죽지 않는다는 뜻이었다.

때마침 그때.

번쩍! 화아아악—

로이스를 향해 환한 빛이 비추었다. 다름 아닌 라피스가 내린 축복이었다.

"미스토스 군주 로이스! 나와 라주리 성은 그대의 도움을 영원히 잊지 않을 것이다. 이것은 나의 성의이니 거절하지 마라."

로이스의 왼쪽 뺨에 찬란한 별 형상의 문양이 반짝이다가 이내 투명화되었다.

[용자 라피스의 축복 인장을 얻었습니다.]

* 용자 라피스의 축복 인장

—대마왕 불칸의 공격으로부터 라주리 성을 지켜 준 위대한 미스토스 군주 로이스에게 용자 라피스가

내린 특별한 고마움과 축복의 징표.

—당신의 생명력과 미흐의 자연 회복량이 대폭 증가함.

—용자 라피스가 철회하지 않는 한 이 축복은 계속 지속됨.

이로써 로이스는 부상을 입었을 때 별다른 조치를 취하지 않아도 알아서 빠르게 치유되는 것은 물론이고, 소모된 미흐도 빠르게 회복할 수 있게 됐다.

[용자 라피스에게 미스토스 군주의 인장이 새겨집니다.]

그 순간 라피스의 이마에 백색의 꽃문양이 번쩍였다가 이내 투명해졌다.

그가 로이스에게 용자의 축복 인장을 펼쳐 주자 자동적으로 미스토스의 군주 인장이 새겨진 것이다.

그런데 라피스는 그런 사실을 알지 못했다.

방금 전 그 환한 문양이 번쩍이는 것은 로이스의 눈에만 보이는 것이었으니까.

[현재 레벨에서는 더 이상 미스토스 군주의 인장을 새길 수 없습니다.]

[보다 많은 용자에게 인장을 새겨 주고 싶으면 레벨을 올리세요.]

'후후, 물론이야. 당연히 레벨을 올려야지.'

미스토스 군주가 되기 전에 비해 엄청나게 강해지긴 했지만, 과연 불칸을 상대할 수 있을지는 의문이었다.

물론 초월의 힘을 쓸 수 있게 됐으니 불칸에게도 어느 정도 공격이 통할지 모른다.

다만 얼마나 치명적인 타격을 줄 수 있을지는 직접 싸워보기 전에는 알 수 없었다.

한편 그사이 다른 절대용자들도 라주리 성의 밀실로 속속 도착했다. 로이스를 바라보는 그들의 표정은 짙은 경외감으로 가득했다.

남성 엘프 절대용자인 오르와 인간 여마법사 절대용자 코페르가 먼저 도착해 로이스에게 고개를 숙였다.

"미스토스 군주 로이스! 상마왕 프리뭄이 그대의 손에 죽었다는 소식을 전해 듣고 왔소!"

"정말 대단해요! 이번에 당신의 도움이 아니었다면 우린 큰 낭패를 당했을 거예요."

이어서 로이스와 안면이 있던 용족의 절대용자 아이언도 로이스 앞에 모습을 드러냈다.

"쿠하하핫! 로이스! 멋지구나. 상마왕 바스모에 이어 이제는 상마왕 프리움까지 해치우다니!"

여성 궁수 절대용자 플롱도 한없이 호의적인 미소를 지으며 말했다.

"미스토스 군주 로이스! 그대로 인해 나의 기사가 무사히 귀환할 수 있었어요. 그대가 아니었다면 우리 절대용자들의 기사들은 불칸으로 인해 죽을 때까지 상상할 수 없는 고통을 당했을 거예요."

어새신 절대용자 네프리와 엘프 사제 절대용자 아가트도 마지막으로 모습을 드러냈다.

"그대의 용맹스러운 활약을 전해 듣고 달려왔소!"

"당신은 우리 절대용자들의 은인이에요, 로이스!"

그렇게 절대용자들이 모두 공경스러운 태도로 인사를 하자 로이스는 조금은 멋쩍었다.

그래도 한때 자신이 그토록 동경해 마지않던 절대용자들의 인사를 받게 되자 뭔가 감회가 새롭기도 했다.

용자가 되고 싶었는데.

지금은 그 용자들을 지켜 주는 존재가 되었으니까.

로이스는 절대용자들을 훑어보며 말했다.

"상마왕 프리뭄이 죽었지만 불칸이 아직 건재하니 특별히 우리가 유리할 것도 없어. 불칸과 상마왕들은 내가 맡을 테니 그대들은 그 아래 중마왕들과 하급 마왕들을 최대한 처치하도록 해."

그러자 절대용자들이 고개를 끄덕였다. 라피스가 대표로 대답했다.

"그렇게 하겠다, 로이스. 또한 타락한 용자 제라칸도 우리에게 맡겨라."

로이스는 반색했다.

"그럼 나도 편하지. 그놈에게 거점이 꽤 많다고 했으니 다 부수려면 쉽지 않을 거야."

"염려 마라, 로이스. 그런 건 우리에게 아주 쉬운 일이다."

로이스가 불칸과 상마왕들만 견제해 주면, 타락한 용자 제라칸의 거점들을 찾아 제거하는 건 절대용자들에게 비교적 간단한 일이었다.

"그럼 난 이만 돌아가 보겠다. 무슨 일이 있으면 용병계를 통해 나에게 연락해라."

"그렇게 하마, 로이스."

라피스 등의 배웅을 받으며 로이스는 일단 용병계로 귀환했다.

전용 비서인 미엘이 반색하며 달려왔다.

"군주 로이스 님! 귀환하셨군요."

"응."

로이스는 본능적으로 용병패를 내밀었다. 갱신을 위해서였다.

그러자 미엘이 미소를 지었다.

"로이스 님은 이제 용병계의 군주가 되셨으니 더 이상 명성이나 칭호는 의미가 없어요."

"용병패를 갱신할 필요가 없다는 거야?"

"물론이죠. 용병패를 보여 줄 필요도 없어요."

하긴 용병계에 단 네 명뿐인 미스토스 군주다.

그 이상의 칭호나 명성이 무슨 의미가 있을까?

그런 건 상급 기사 이하의 용병들에게나 필요한 것이었다.

"그보다 군주 루나 님이 전갈을 남겼어요."

"무슨 전갈?"

"귀환하시면 곧바로 군주의 전당으로 오시라고요."

"그렇지 않아도 가려고 했어."

로이스는 씩 웃고는 군주의 전당으로 향했다.

"어서 오라, 군주 로이스!"

"오오! 로이스! 어서 오게."

"하핫! 얘기는 들었다. 자네 정말 대단한 일을 했군."

로이스가 들어서자 루나와 마르스, 아스텔이 모두 자리에서 벌떡 일어나며 반색했다.

다만 그들 모두 강제 귀환의 후유증 때문인지 상태가 그리 좋아 보이지는 않았다.

그러나 그것은 몸의 상태일 뿐 표정들은 무슨 축제라도 벌어진 듯 신이 나 있었다.

"쿠하하하! 상마왕 프리뭄을 처치했다니! 정말 대단해!"

"난 로이스, 자네가 정말 큰일을 할 거라 생각했네."

마르스와 아스텔이 만면에 미소를 지으며 말했다. 로이스는 고개를 흔들었다.

"루나의 도움이 결정적이었어. 나 혼자서는 쉽지 않은 일이었거든."

그러자 루나가 어깨를 으쓱했다.

"내 희생이 헛되지 않았다니 다행이구나."

그녀는 로이스가 다른 군주들 앞에서 면을 세워 주자 기쁜 듯했다.

로이스는 자리에 앉으며 말했다.

"내가 여기에 온 건 앞으로 우리 용병계가 더욱 용자들과 힘을 합쳐서 대마계와 전쟁을 벌였으면 해서야."

그러자 루나가 고개를 끄덕였다.

"염려 마. 우린 이미 그에 대해서는 의견이 일치가 되었다.

네 덕분에 더 이상 우리 작전이 노출될 걱정이 사라졌잖아."

그 말과 함께 그녀는 아스텔을 힐끗 노려봤다. 그에 아스텔이 머리를 긁적이더니 침울한 표정을 지었다.

"크흑! 설마 제가 프리뭄의 몽인에 당해 아군의 작전을 다 알려 주고 있을 줄은 몰랐습니다."

로이스의 승전 소식에 잠시 안색이 밝아졌을 뿐, 아스텔은 마르스에게 방금 전 프리뭄의 몽인에 대해 전해 듣고 충격을 받은 상태였다.

"너무 상심하지 말게. 꿈속에서 벌어진 일을 자네라고 별수 있었겠나."

루나도 아스텔을 위로했다.

"다 지난 일이야, 아스텔. 비록 그대로 인해 우리의 작전이 노출된 건 사실이지만, 그대가 우리를 배신한 건 아니었으니 그 일은 그만 서로 잊도록 하자."

아스텔뿐 아니라 미스토스 상급 기사들 중에도 꽤 많은 이들이 프리뭄의 몽인이 새겨져 있던 터였다.

프리뭄이 죽었으니 그 몽인들도 모두 사라졌을 것이다.

아스텔이 뭔가 뭉클한 표정으로 로이스를 바라보며 말했다.

"로이스! 이전에 내가 자네에게 무례하게 했던 일을 사과하겠네. 자네 덕분에 난 숨을 쉴 수 있게 됐네. 만약 프리뭄이 아직도 살아 있었다면 난 골방에 숨어 나오지도 못했을 거야."

처음 아스텔이 로이스를 향해 오만한 태도를 보였던 것을 사과하는 것이었다.

"뭐 그때 좀 거슬리긴 했지. 하지만 이미 잊어버렸으니 신경 쓰지 마라."

"고맙다, 로이스."

아스텔은 그제야 마음이 놓인 듯 안색이 밝아졌다.

그때 루나가 로이스를 바라보며 말했다.

"할 말이 있다. 이건 매우 중요한 얘기니 꼭 들어 줬으면 한다."

"뭔데?"

"로이스! 그대라면 미스토스 용병계의 절대군주 자격이 있다."

"절대군주? 그건 또 뭐야?"

"군주들의 우두머리를 뜻해. 그대가 절대군주가 되면 다른 군주들은 그대의 명령을 따르게 되어 있다. 이미 우리 셋은 그대가 절대군주가 되었으면 하고 의견을 모은 상태다."

"좋아! 그럼 해야지."

로이스가 이런 걸 거절할 이유가 없었다.

용자 중에 절대용자가 있듯이, 미스토스 군주 중에도 미스토스 절대군주가 있다는 뜻이다.

그런 거라면 당연히 해야 하리라.

그렇게 로이스가 너무나 자연스레 받아들이자 루나 등은 잠시 멍한 표정을 지었다.

아무리 그래도 그렇지 단번에 받아들일 줄이야.

보통 이런 때는 한두 번 정도 사양을 하는 미덕을 보이는 게 정상인 것이다.

그러나 로이스는 그런 미덕 따위는 모른다.

굳이 마음을 속이거나 돌려서 말하는 것은 로이스의 방식이 아니었다.

그때 루나 등이 서로 마주 보며 고개를 끄덕이더니 그대로 일어나 로이스를 향해 한쪽 무릎을 꿇었다.

"절대군주 로이스! 이제부터 미스토스 용병계는 당신의 뜻에 따라 움직일 것입니다."

"상마왕 프리뭄을 죽이고 불칸과 맞설 정도인 당신이라면 절대군주의 자격이 있소. 나 마르스는 당신을 절대군주로 추대하오!"

"나 군주 아스텔도 로이스 당신이 절대군주가 되는 데 찬성합니다."

갑자기 군주들의 말투가 정중해졌다.

그러나 로이스는 그런 걸 어색하게 느끼지 않고 당연하게 받아들였다.

"좋아! 앞으로 잘 부탁한다. 그리고 이 기회에 한 가지 당부할 것이 있으니 잘 들어라."

"뭐든 하명하십시오!"

"경청하겠소."

루나 등이 고개를 숙였다. 로이스는 곧바로 말했다.

"아주 중요한 일이 아니면, 그대들이 알아서 잘 하라는 거야. 일일이 내게 물어보면 귀찮으니까."

"잘 알아들었어요."

"호호, 왠지 그런 말씀을 하실 거라 짐작했지요."

"염려 마십시오. 절대 귀찮게 하지 않겠습니다."

루나 등은 미소 지었다.

그렇게 로이스는 미스토스 용병계의 절대군주가 되었다.

*　　　*　　　*

그 시간 대마계 대마왕성의 대전.

불칸은 침통한 표정으로 대마왕좌에 앉아 있었다.

"나 불칸이 이런 수치를 당하다니! 로이스! 그놈이 감히!"

윙 블레이드조차 통하지 않는 불가사의한 괴물.

그러다 보니 로이스의 엄포가 허풍인지 사실인지 여전히

구분이 가지 않았다.

'불칸! 난 널 얼마든지 죽일 수 있다. 하지만 그렇다고 널 지금 바로 죽이면 너무 싱겁고 재미없겠지. 그러니 오늘은 특별히 살려 주겠어.'

지금도 그 소리가 귓전에서 계속 맴돌았다.

특히 '싱겁고 재미없겠지' 라는 부분이 매우 거슬렸다.

우라질! 재미라니!

로이스는 불칸을 한낱 재미를 즐기기 위해 죽이려 한다는 뜻이었다.

지금 죽이면 별로 재미없으니 다음에 죽여 주마!

이런 건 로이스의 입이 아닌 불칸의 입에서 나와야 정상인 것이다.

지금껏 그런 식으로 수많은 용자들을 조롱하며, 또한 희롱하며 죽여 왔던 불칸에게는 그야말로 치욕적인 상황이 아닐 수 없었다.

"크으으윽! 개소리일 뿐이야. 그놈이 날 죽일 수 있었다면 그곳에서 죽였어야 했다. 절대 그럴 리가 없어."

그러나 아무리 그렇게 생각하려고 해도 도무지 엄습하는 불안감을 멈출 수가 없었다.

정말로 로이스가 그토록 강한 존재라면?

불칸은 이제 죽을 날만 기다리고 있어야 한다.

언제 로이스가 이곳 대마왕성까지 쳐들어와 자신을 죽일지 모른다는 두려움에 떨며 말이다.

차라리 그 전에 어디 멀리 도주라도 해야 하는 것인가?

'불칸! 난 널 얼마든지 죽일 수 있다…….'

'불칸! 난 널 얼마든지…….'

'불칸…….'

'불칸…….'

"빌어먹을! 도무지 어떻게 해야 좋을지 모르겠군."

프리뭄이 살아 있었다면 이럴 때 현명한 조언을 해 줬을 것이다.

그러고 보니 프리뭄이 죽은 것도 기막힐 일이었다.

그의 오른팔이자 장차 대마왕후로 들일 예정이었던 프리뭄이 맥없이 로이스에게 죽었으니까.

"으! 로이스! 네놈을 어떻게 해야 내 분이 풀릴지 모르겠구나……!"

불칸은 두 손으로 스스로의 머리카락을 마구 쥐어뜯었다.

헝클어진 은발 사이로 번뜩이는 혈광!

말 그대로 폭주 직전의 상태였다.

그러다 보니 대전에 엎드려 있는 상마왕과 중마왕들은 숨조차 쉬지 못한 채 두려워 벌벌 떨었다.

슥.

돌연 불칸이 제2위 상마왕 데르테로스를 노려보며 물었다.

"데르테로스! 네 생각을 말해 봐라. 과연 그놈의 말이 사실인 것 같으냐? 아니면 허풍인 것 같으냐?"

"그게……."

데르테로스는 잠시 머뭇하다가 대답했다.

"허풍이 분명합니다. 따라서 신경 쓸 것 없지 않겠습니까?"

"만약 아니라면? 그놈은 초월암흑검의 공격은 물론 윙 블레이드의 공격 앞에서도 꿈쩍도 하지 않았다. 그런 그놈의 말이 과연 허풍이라 생각하느냐?"

"그, 그건 그러니까……."

데르테로스는 뭐라 대답하지 못했다. 그러자 불칸이 인상을 찡그리더니 제3위 상마왕 테르티움에게 물었다.

"테르티움! 네 생각은 뭐냐?"

"허풍이 아니라 사실 같습니다. 대마계는 물론 절대용자들 중 누구도 로드의 초월암흑검을 맞고 무사할 존재는 없습니다. 그런데 그보다 강력한 로드의 윙 블레이드까지 받아 냈다면 그 로이스란 놈은 초월자의 영역에 들어선 무서운 능력을 가지고 있을 게 분명합니다."

"초월자라고?"

"틀림없습니다. 따라서 그가 공격해 올 것을 대비하거나 다른 곳으로 대마왕성을 옮기는 것이 현명할지 모릅니다."

"만약 아니라면? 그냥 허풍일 경우라면 우리만 우스운 꼴이 되지 않겠느냐?"

"그게……."

테르티움은 그에 대해서는 답을 하지 못했다.

계속해서 불칸은 다른 상마왕들에게 의견을 물었다.

"허풍이 분명합니다."

"제 생각에도 허풍이 분명합니다."

"아무리 봐도 허풍입니다, 로드!"

"테르티움 님의 말대로 그놈이 초월자일 가능성도 염두에 두어야 할 것입니다."

의견은 분분했다.

허풍이라는 의견이 지배적이었지만, 허풍이 아니라 로이스가 초월자의 영역에 들어섰으니 조심하자는 의견도 있었다.

불칸은 더욱 혼란스러웠다.

'저놈들의 말을 들으니 더 헛갈리는군.'

이럴 때 프리뭄이 있었더라면?

프리뭄이라면 추측이 아니라 거의 확신을 할 수 있도록 상황을 꿰뚫어 봤을 것이다.

추측을 할 땐 가끔 실수가 있긴 했지만 지금껏 수많은 전쟁을 치르면서 프리뭄의 확신이 틀린 적은 한 번도 없었으니까.

그러나 그런 프리뭄은 이제 죽었다.

'아니다. 완전히 죽지는 않았지.'

불칸이 소멸되기 전까지 프리뭄은 소멸된 것이 아니다.

이번에도 불칸의 부활과 함께 프리뭄도 부활했으니 말이다.

그렇다면 지금은?

'내가 막대한 마력을 동원하면 프리뭄을 부활시키는 것도 어렵지는 않다. 하지만 그건 현명하지 못한 일.'

그 경우 불칸은 그 마력을 복구하기 위해 상당한 시간이 필요했다.

전투력이 대폭 하락한 상태로 말이다.

그사이 로이스의 공격을 받게 되면 맥없이 당하고 말 것이다.

'만약 몽체 상태로만 살려 본다면?'

순간 불칸의 두 눈이 섬광처럼 번쩍였다.

그렇다. 프리뭄을 제1위 상마왕으로서의 모든 능력을 갖춘 채 부활시키는 건 불칸에게 막대한 마력이 소모되어 부담되는 일이지만, 몽체(夢體) 상태로 살려 내는 것은 비교적 간단한 일이었다.

'그렇지. 지금은 프리뭄의 전투력이 필요한 것이 아니라 지략이 필요한 때야.'

곧바로 불칸은 마력을 쏟아부어 프리뭄을 몽체 상태로 부활시켰다.

몽체는 말 그대로 꿈속에 있는 육체였다.

꿈속이 아니면 프리뭄을 만날 수 없다는 뜻.

그러나 불칸은 그런 꿈을 얼마든지 결계의 형태로 만들어 낼 수 있었다.

스스스.

몽환 결계.

불칸이 그것을 펼치자 주변은 어둑하고 망망한 공간으로 바뀌었다.

불칸은 그곳에 홀로 서 있었는데, 그 앞으로 낯익은 형체의 뭔가가 나타났다.

푸른 머리의 엘프 미소녀.

다름 아닌 프리뭄이었다.

그녀는 자다 깬 듯한 얼굴로 주위를 두리번거리다 불칸을 보고는 깜짝 놀라 황급히 엎드렸다.

"상마왕 프리뭄! 위대한 대마계의 로드이신 불칸 님을 뵈옵니다."

"일어나라. 지금 그런 인사나 받으러 널 몽체 상태로 되살린 게 아니다, 프리뭄."

그러자 프리뭄은 그제야 자신이 어떤 상태인지 알아채고는 나직이 한숨을 내쉬었다.

"그렇군요. 어쩐지 제 육체가 아닌 것 같다는 느낌이 들어서 이상하다 했어요."

"로이스 그놈에게 나의 공격이 통하지 않았다. 그놈이 날 죽일 수 있다고도 했다. 과연 그 말이 사실인지 네 생각을 말해 봐라."

불칸은 로이스가 했던 말을 다시 해 주었다. 그러자 프리뭄이 잠시 골똘히 생각하더니 말했다.

"그놈의 말은 허풍일 가능성이 높아요. 비록 제가 그놈에게 죽긴 했지만 로드에 비하면 그놈의 전투력은 절반에 절반도 미치지 못해요. 대체 무슨 수로 로드의 초월암흑검을 막아 냈을까요?"

"윙 블레이드조차 통하지 않았다. 너와 싸울 때는 그놈이 일부러 실력을 숨기고 있었던 것 아니냐?"

"그런 것 같지는 않았어요. 분명 뭔가 술수를 부렸을 것 같은데 그게 뭔지 모르겠군요."

불칸이 인상을 구겼다.

"결국 너 역시 그놈의 말이 사실인지 허풍인지 모른다는 뜻이냐?"

"어느 쪽을 말하든 추측에 불과하다면 어차피 그 대답은 의미가 없어요. 확실한 사실을 알아내는 것이 중요하겠죠."

프리뭄의 두 눈이 기이하게 빛났다. 불칸이 반색했다. 프리뭄이 저런 눈빛을 하는 것은 분명 뭔가 대책이 있을 때였다.

"어떻게 사실을 알아내겠다는 건지 말해 봐라."

"몽인을 새기겠어요."

"몽인이라고?"

"몽체 상태인 제가 지금 펼칠 수 있는 능력은 그것뿐이에요. 로이스란 녀석의 몸에 몽인을 새겨 놓으면 그놈의 무슨 생각을 하는지 다 알 수 있게 되니 굳이 추측을 할 필요가 없게 되죠."

"그거 좋은 생각이군. 그럼 당장 가서 몽인을 펼쳐라."

그러자 프리뭄이 다시 눈을 빛냈다.

"괜찮으시다면 저에게 로드께서 갖고 계신 몽환마경을 쓸 수 있게 해 주세요. 지금 제가 가진 마력으로는 로이스의 꿈에 무사히 침투하기 힘들 수 있어요."

몽환마경(夢幻魔鏡)은 타인의 꿈에 침투할 수 있는 신비한 거울이다.

이전에 프리뭄이 불칸에게 바친 보물 중의 하나였다.

불칸은 흔쾌히 고개를 끄덕였다.

"선물로 받아 두긴 했지만 어차피 그동안 귀찮아서 쓰지도 않았으니 다시 네가 가져가라."

불칸이 붉은 테두리의 손거울을 아공간에서 꺼내 내밀자 프리뭄이 그것을 받아 들고는 의미심장하게 웃었다.

"이걸로 그놈에게 확실한 복수를 할 수 있겠군요."

"그놈은 결코 만만한 놈이 아니니 조심해라."

"염려 마세요. 몽환마경의 모든 마력을 다 쏟아부으면 절대용자의 총사들도 막아 내지 못해요. 물론 그러면 몽환마경이 깨져 버리지만, 그 단 한 번에 있어서는 누구라도 제 손을 벗어날 수 없어요."

그러자 불칸이 득의의 미소를 지었다.

"그렇다면 그렇게 해라. 몽환마경이야 달리 쓸 일도 없으니 깨져도 상관없어."

"네, 로드."

Chapter 5
잡스러운 서큐버스

"로드!"

프리뭄은 돌연 비장한 눈빛으로 불칸을 쳐다봤다.

"왜 그리 날 쳐다보느냐?"

"그럴 리는 없겠지만 혹시라도 제가 돌아오지 못하거나 하면 그땐 용자 제라칸의 부하인 나칸을 부르세요."

"그 인간 마법사라는 녀석 말이냐?"

프리뭄이 고개를 끄덕였다.

"제가 그놈에게 암흑의 서를 주고 암흑의 탑에 들게 했어요. 지금쯤 나올 때가 됐겠군요."

암흑의 서(書)는 프리뭄이 저술한 책으로 대마계와 무한의 세계에 대한 방대한 내용의 지식들이 담겨져 있었다.

나칸이 그 책을 모두 보았다면 프리뭄의 지략 중 상당 부분을 깨닫게 될 것이다.

"그 또한 대마계의 보물이라 할 수 있는데 한낱 하찮은 인간 따위에게 주었다는 거냐?"

"그놈이 비록 전투력은 보잘것없지만 지략은 제법 뛰어나 쓸모가 많을걸요."

"그렇다면 기억해 두겠다."

"다만 암흑의 탑에서 과도한 지력을 소모해 그놈의 생명력이 거의 고갈되었을 가능성이 높아요. 로드께서 보시고 쓸 만하면 마력을 불어넣어 살려 주시고, 기대에 못 미치면 그냥 내버려 두기만 해도 곧 죽게 될 거예요."

프리뭄은 진지한 표정이었다.

불칸은 시큰둥한 눈빛으로 대꾸했다.

"몽체인 널 누가 해칠 수 있다고 그따위 말을 하는 거냐? 쓸데없는 소리 말고 어서 로이스의 몸에 몽인이나 새기고 돌아와라."

"이상하게도 느낌이 별로 좋지 않아요. 그럴 리는 없겠지만 제가 실패할 때를 대비해 말씀드리는 거니 꼭 기억해 두세요."

"알았으니 염려 말고 임무 수행이나 잘 하도록 해."

"네, 로드."

프리뭄은 공손히 엎드려 절을 하고는 몽환마경을 쳐다봤다.

츠으읏!

순간 그녀의 몸이 몽환마경 안으로 빨려들 듯 사라졌다. 동시에 몽환마경의 거울에 금이 가더니 이내 팍 하고 깨졌다.

파스스스.

대마계의 보물 중 하나인 몽환마경이 먼지로 변해 사라지는 순간이었다.

이는 몽환마경의 모든 마력을 프리뭄의 몽체가 흡수했음을 의미했다.

*　　*　　*

한편 로이스는 군주의 전당에서 릴리아나의 꽃밭으로 돌아왔다.

"로이스 님! 드디어 미스토스 군주가 되셨군요."

특별히 꽃밭이 변한 건 없었다.

달라진 건 릴리아나 하나뿐.

이전까지 상급 수호 요정으로서 마치 천사와 같은 신비로운 분위기를 풍기던 릴리아나는 오히려 다시 평범해 보이는 꽃의 요정의 모습으로 돌아왔다.

그러나 그녀의 몸에서 은은하게 피어나는 기세는 결코 평범한 것이 아니었다.

초월자의 기운!

로이스는 한눈에 릴리아나가 엄청나게 강해졌음을 간파했다.

'어라? 릴리아나 혼자서도 웬만한 마왕은 다 막아 낼 수 있겠네.'

굳이 미스토스의 결계가 아니어도 릴리아나가 가진 전투력 정도면 상마왕 프리뭄 정도는 가볍게 처치할 만했다.

거기에 미스토스의 힘까지 동원하면 못 막아 낼 적이 없을 것이다.

로이스가 강해질수록 릴리아나도 더욱 강해진다!

이는 릴리아나가 바로 로이스와 미스토스 계약을 맺은 수호 요정이기 때문이었다.

"멋지게 변했구나, 릴리아나!"

그렇게 로이스가 놀랍다는 듯한 표정으로 쳐다보자 릴리아나는 쑥스럽다는 듯 웃었다.

"모두 로이스 님 덕분이죠. 이제 저도 군주 수호 요정이 되었어요. 대마왕 불칸이 아닌, 그보다 더한 존재가 와도 이 꽃밭은 절대 무너지지 않는답니다."

"확실히 그럴 것 같네. 그럼 덕분에 난 마음 편히 잘 수 있겠어."

"어서 주무세요."

로이스는 그동안 정신없이 전투를 벌이고 다니느라 잠을 거의 자지 못했다.

물론 전투력이 대폭 상승해 활력은 충분했지만, 그래도 정신적인 피로감을 해소하기 위해서라도 잠시 잠을 잘 필요가 있었다.

곧바로 로이스는 꽃밭의 중앙 궁전에 위치한 그의 침실로 이동했다.

물의 정령과 바람의 정령의 도움으로 가볍게 몸을 씻어 말린 후 침대 위에 누웠다.

'후! 오랜만에 잠을 자는구나.'

로이스는 몽롱한 느낌과 함께 금세 잠이 들었다.

그렇게 얼마의 시간이 지났을까?

로이스는 깊은 잠에 곯아떨어져 있었다.

스스스.

그런 로이스의 침대 앞에 요염한 기운을 풍기는 한 명의 엘프 소녀가 나타났다.

"후후후. 로이스! 넌 오늘로 영원히 나의 노예가 될 것이다."

그녀는 잠든 로이스를 보며 의미심장한 미소를 지었다.

물론 그녀는 몽체로 부활한 프리뭄이었다.

지금 이곳 침실은 현실이 아닌 꿈속의 결계!

몽환마경의 모든 기운을 흡수해 현실과 동일한 공간의 몽환 결계를 펼쳐 로이스가 꿈을 꾸기 시작하자마자 이곳 결계로 불러들인 것이다.

현실이라면 꽃밭의 결계를 지키는 수호 요정이 두 눈을 시퍼렇게 뜨고 있을 터라 이런 식으로 로이스를 소환할 수 없었겠지만, 꿈속에서는 못할 것이 없었다.

그런데 바로 그때였다.

"쉿!"

갑자기 뒤쪽에서 들리는 소리에 프리뭄은 깜짝 놀라 고개를 돌렸다.

그곳엔 백색 꽃의 요정이 차가운 미소를 지은 채 그녀를 노려보고 있었다.

"너, 너는?"

"조용히 해. 로이스 님이 깨잖아."

릴리아나는 로이스가 잠에서 깨기라도 하면 가만두지 않을 것이라는 듯 살벌한 눈빛으로 프리뭄을 쏘아봤다.

움찔.

프리뭄은 이상하게 그녀의 눈빛을 받자 꼼짝을 할 수가 없었다.

'이럴 수가! 이건 말도 안 돼!'

몽환마경의 모든 마력을 흡수한 그녀의 능력은 몽체로서 가히 무적과 같은 상태였다.

적어도 이곳 몽환 결계 안에서 그녀에게 대적할 수 있는 존재란 없는 것이다.

마음만 먹으면 로이스를 깨워 마음껏 괴롭히는 것도 가능했다.

물론 현실의 로이스가 아닌 꿈속의 로이스이니, 실제 로이스는 꿈에서 악몽을 꿨다고 생각할 것이다.

그런데 지금 아주 이상한 일이 벌어졌다.

몽환 결계의 전능자라 할 수 있는 프리뭄에게 통제가 되지 않는 존재가 나타난 것이다.

'이상하게 뭔가 불안하다 했더니 바로 이것 때문이었던 거야.'

로이스의 꿈에 침투하기 전 무엇 때문인지 불칸을 두 번 다시 보지 못할 것 같은 느낌이 들었던 것이다.

그냥 근거 없는 두려움이라 생각했는데 이런 말도 안 되는 일이 벌어질 줄이야.

"뭘 우두커니 서 있는 거지? 좋게 말할 때 이리 나와라, 이 잡스러운 서큐버스."

"너 따위가 감히!"

프리뭄은 당장이라도 릴리아나를 이 몽환 결계에서 쫓아버리려 했지만 뜻대로 되지 않았다.

오히려 릴리아나에게 머리채를 잡힌 채로 로이스의 궁전 밖으로 질질 끌려 나갔다.

“아악! 이거 놔!”

밖은 황량한 벌판과 같은 공간이었다.

프리뭄이 절규하며 외쳤다.

“나를 대체 어찌할 셈이냐?”

“어찌 하긴. 요망한 서큐버스인 널 여기서 소멸시킬 생각이다. 물론 그 전에 감히 로이스 님의 꿈에 침투한 벌을 내려야 하겠지.”

릴리아나의 눈빛이 살벌하게 번뜩이는가 싶더니 주먹으로 프리뭄의 머리를 후려쳤다. 무릎으로 찍고 바닥에 내팽개친 후 마구 밟기도 했다.

“흥! 건방진! 여기가 어디라고 감히 온 것이냐? 내가 두 눈 시퍼렇게 뜨고 있는데 어딜 감히 들어 와!”

퍽! 퍼퍽—! 우직! 콰콰콱!

“아아악!”

아무리 몽체 상태라 해도 명색이 대마계 제1위 상마왕인 프리뭄이었다. 그런데 릴리아나의 공격을 전혀 피할 수가 없었다.

결국 프리뭄의 몽체는 만신창이로 변했고 몽체가 소멸될 지경이 되고 말았다.

"이곳은 이제 나의 권능이 지배하는 몽환 결계다. 서큐버스! 너는 몽환 세계의 영원한 먼지가 되어 떠돌게 될 거야."

'아, 안 돼! 이렇게 죽으면 난 끝장이야.'

이대로 몽체로서 소멸하면 릴리아나의 말대로 그녀는 영원히 몽환계를 떠도는 먼지가 되어 버린다.

불칸이 무슨 수를 써도 그녀를 부활시킬 수 없게 되는 것이니, 사실상 영원한 소멸을 의미했다.

"흐흐흑! 잠깐! 제발 살려 주세요!"

아무리 생전에 최상위 상마왕이었던 프리뭄이라지만 완전한 소멸의 위기가 닥치자 패닉 상태가 되고 말았다.

"당신의 노예라도 될 테니 제발 죽이지 마세요!"

자존심이고 뭐고 다 필요 없었다. 소멸되면 그런 게 다 무슨 소용인가.

그러자 릴리아나가 팔짱을 낀 채 코웃음 쳤다.

"노예라고?"

"네. 뭐든 시키는 대로 다 할게요. 제발 절 소멸시키지만 말아 주세요."

"너 따위 잡스러운 서큐버스를 노예로 둬서 어디다 쓰라는 거지?"

"저는 잡스러운 서큐버스가 아니에요."

"그럼 뭔데?"

프리뭄은 한숨을 푹 내쉬더니 힘겹게 고개를 들었다. 그녀의 두 눈이 번쩍 빛났다.

"대마계 제1위 상마왕 프리뭄."

"누구라고?"

릴리아나는 멍한 표정을 지었다. 그녀는 프리뭄의 얼굴을 모른다.

그냥 로이스의 꿈에 웬 서큐버스 하나가 침투했기에 잡아서 소멸시켜 버리려는 중이었다.

그녀에게 있어 서큐버스란 로이스의 단잠을 방해하는 날벌레와 같이 성가신 존재.

물론 그 서큐버스의 능력이 제법 대단하긴 했지만, 군주 수호 요정이 된 릴리아나 앞에서는 가소로울 뿐이었다.

그런데 그 서큐버스가 자신을 프리뭄이라고 말하니 어이가 없었다.

"비록 몽체 상태로 나타나 서큐버스로 오인받을 만하지만 저는 프리뭄이 맞아요. 당신의 로드인 로이스에게 죽임을 당해 어쩔 수 없이 몽체로 부활했죠."

"그래서 이곳엔 왜 왔는데?"

"그게 실은……."

사실대로 말해도 되는 것일까?

프리뭄이 망설이자 릴리아나가 돌연 부드럽게 웃으며 말했다.

"솔직히 말해 봐. 무엇 때문에 온 거야?"

그녀의 환한 미소를 보니 사실대로만 순순히 말하면 왠지 용서해 줄 것 같다는 생각이 들었다.

프리뭄은 조심스레 입을 열었다.

"사실은 로이스 님의 몸에 몽인을 새기러 왔어요."

"역시 그랬구나."

릴리아나는 순간 서늘하기 이를 데 없는 눈빛으로 프리뭄을 노려봤다.

"흥! 그냥 서큐버스라고 해도 죽였을 텐데, 대마계 제1위 상마왕 프리뭄의 몽체라면 더더욱 살려 둘 수 없지. 게다가 감히 로이스 님의 몸에 몽인을 새기려 해? 그냥 조용히 죽어 있을 것이지 뭐 하러 살아났니? 죽엇!"

퍽퍽퍽! 퍼퍼퍼퍽—

"아아아악! 잘못했어요! 살려 주세요!"

그러나 릴리아나는 이대로 프리뭄을 소멸시킬 작정이라 사정을 봐주지 않고 더욱 세게 후려쳤다.

바로 그때 로이스가 침실에서 졸린 눈을 비비며 나와 물었다.

"왜 이렇게 시끄러운 거야, 릴리아나?"

"앗! 로이스 님, 깨셨나요?"

"응. 그런데 여긴 어디야?"

로이스는 멍한 표정으로 물었다.

본래 침실 밖으로 나오면 거대한 궁전의 내부가 보여야 한다.

그 궁전의 밖에는 릴리아나가 꾸며 놓은 아름다운 꽃밭이 펼쳐져 있어야 정상이고 말이다.

그런데 어떻게 된 건지 침실 밖으로 나오니 황무지가 있고, 그곳에서 릴리아나가 누군가를 마구 후려치고 있으니 황당했다.

"아함! 왜 이렇게 졸린 건지 모르겠네."

"그건 로이스 님이 지금 잠을 자고 있는 중이라서 그래요. 여긴 꿈속이거든요."

"꿈속이라고?"

"네."

"그렇군. 근데 지금 누굴 패고 있는 거지?"

"지금 웬 잡스러운 서큐버스 아니, 상마왕이 하나 침투해서 해치우고 있으니 신경 쓰지 말고 들어가 주무세요. 그래야 잠에서 깨고 났을 때 개운하실 거예요."

"좋은 구경거리가 있는데 어떻게 들어가?"

"그럼 같이 패실래요?"

로이스가 픽 웃었다. 아름다운 꽃의 요정이 저리 삭막하게 누군가를 후려치고 있는 모습을 보니 뭔가 우스웠기 때문이다.

게다가 같이 패자니!

하긴 서큐버스 아니, 상마왕이라면 같이 패서 없앨 만한 존재이긴 하다.

"가만! 지금 뭐라고 했어? 상마왕이라고?"

"네. 상마왕 프리뭄이라고 하는데요?"

"뭐? 프리뭄이라고?"

"정확히는 프리뭄의 몽체라고 하죠."

로이스는 깜짝 놀랐다. 아무리 꿈이라지만 프리뭄이 살아 있고 릴리아나에게 맞고 있을 줄이야.

"대체 어떻게 된 거야?"

"이 요망한 것이 로이스 님의 몸에 몽인을 새기러 왔더군요. 물론 초월자가 된 로이스 님에게는 그따위 짓이 통하지 않겠지만 어쨌든 괘씸한 일이죠."

"몽인이라면? 감히!"

로이스의 두 눈에서 시퍼런 빛이 번쩍였다. 몽인이 뭔지 로이스도 잘 안다. 그러니 당연히 분노할 수밖에!

그러자 프리뭄이 움찔했다.

“제발 용서해 주세요, 로이스 님.”

“그보다 너 어떻게 살아난 거지? 분명 내 손에 죽었잖아. 아니, 정말 살아난 거 맞아? 하긴 여긴 꿈이니 그냥 꿈일 수도 있겠군.”

그러자 릴리아나가 고개를 흔들었다.

“꿈이지만 실제나 다름없어요. 여긴 로이스 님의 꿈과 연결된 몽환 결계거든요.”

“네 말은 프리뭄이 정말 살아났다는 거야?”

그 대답은 프리뭄이 했다.

“네. 불칸 님이 몽체로 저를 부활시켰어요.”

그녀는 여차여차해서 왔다는 말을 로이스에게 했다.

로이스의 인상이 일그러졌다.

“내 마음을 훔쳐보고 날 제거하려는 속셈이었다? 그럼 죽어도 싸지.”

“제발 용서해 주세요.”

프리뭄이 간절히 빌었다. 순간 로이스가 힐끗 노려보며 물었다.

“용서는 못 해! 하지만 불칸을 죽이는 데 협조하면 여기서 노예로 지낼 수는 있게 해 주겠다.”

릴리아나의 노예가 되면 영원히 이곳을 빠져나가지 못하고 그녀의 노예로 지내야 했다.

그렇게라도 살고 싶다면 살려 주는 대신 불칸을 죽이는데 협조하라는 것이었다.

불칸의 대마궁이 있는 위치와 불칸의 전력 등은 탈락티스에게 들어 알고 있지만, 그사이 어떻게 바뀌었을지는 모른다.

그러나 프리뭄은 불칸의 오른팔이었으니 탈락티스가 모르는 많은 것을 알고 있을 것이다.

그러자 프리뭄은 고개를 흔들었다.

"그건 못해요. 제가 아무리 이 지경이 되었지만 불칸 님을 배신할 순 없어요."

"그럼 죽어야지."

"그래도 어쩔 수 없어요."

프리뭄은 단호했다. 살려 주면 노예로는 지내겠지만, 불칸에 대한 어떤 것도 말하지 않겠다는 것.

그러자 릴리아나가 빙긋 웃더니 말했다.

"로이스 님, 들어가 주무세요. 궁금하신 건 제가 다 알아낼 테니 염려 마시고요."

"그럴까? 여긴 이상하게 계속 졸리네. 그럼 수고해, 릴리아나."

로이스는 고개를 끄덕이고는 침실로 들어갔다.

그리고 잠시 후.

릴리아나가 어떻게 했는지 프리뭄은 그녀가 아는 모든 걸 다 실토하고 말았다. 프리뭄은 아까보다 더 엉망이 된 몰골로 흐느꼈다.

"흐흑! 흑흑흑!"

"흥! 진작 순순히 말했으면 서로 좋았잖아. 어쨌든 협조를 했으니 이곳에서 노예로 지내게는 해 주겠다. 로이스 님의 꿈에 먼지 한 톨도 침투하지 못하게 주변 청소를 깨끗이 하도록 해."

"네, 흐흑!"

프리뭄의 임무는 로이스의 침실로 그 어떤 것도 침투하지 못하게 막는 것이었다.

그 침실로 뭐든 침입하게 되면 로이스의 꿈자리가 사나워져 잠을 편히 잘 수 없게 되기 때문이다.

그렇게 한때 대마계 제1위 상마왕으로 당당히 군림하던 프리뭄은 영원히 로이스의 꿈을 지키는 수호자 노예로 전락하고 말았다.

"아함! 잘 잤다~!"

다음 날 아침.

로이스는 침대에서 기지개를 펴고 일어났다.

그러다 문득 간밤에 꾸었던 꿈이 떠올랐다.

'내 손에 죽었던 프리뭄이 부활해서 수작을 부리려다가 릴리아나에게 죽도록 맞고 있었는데.'

그 뒤로는 어떻게 되었을까?

꿈이지만 그냥 꿈이 아닌 현실이기도 하다고 했으니 잠시 후 릴리아나에게 물어보면 그 후의 상황을 알 수 있을 것이다.

프리뭄이 불칸에 대한 모든 걸 털어놨는지 말이다.

그러나 굳이 그럴 필요가 없을 것 같았다.

'살아 있는 걸 보니 모두 털어놨나 보네.'

돌연 자신의 꿈속 결계에 갇혀 열심히 청소를 하고 있는 프리뭄의 존재를 자연스럽게 느낄 수 있었던 것이다.

어떻게 잠에서 깼는데도 꿈속 결계를 감지할 수 있는 것일까?

매우 신기한 일이지만, 이 또한 초월자의 경지에 이르자 자연스레 생겨난 능력이었다.

'설마 내가 프리뭄을 노예로 부려 먹게 될 줄은 몰랐어.'

비록 본래 상태가 아니라 꿈에서만 존재하는 몽체라는 기괴한 형체이긴 하지만 말이다.

로이스가 풀어 주지 않는다면 그녀는 영원히 풀려나지 못한다.

당연히 풀어 줄 생각은 없었다.

소멸시키면 시켰지 상마왕을 풀어 주는 건 있을 수 없는 일.

'그러고 보니 깜빡했던 게 있네.'

프리뭄을 보자 문득 떠오르는 게 있었다.

로이스는 즉시 아공간의 창고에서 상마왕의 초마력 날개 하나를 꺼냈다.

프리뭄을 해치우고 얻은 날개였다.

'이걸로 날개를 강화해 봐야겠어.'

사실 지금은 날개로 인한 전투력 증가 효과가 미미하게 느껴질 정도였다.

본신 자체의 전투력이 초월의 경지에 이르렀기 때문이다.

따라서 어찌 보면 이제 날개는 그저 보기 좋은 장식품에 불과할 수도 있었다.

다른 무기들도 마찬가지다.

신화 등급의 무기인 바스모의 대검과 프리뭄의 채찍도 로이스에게는 그저 수집품에 불과했다.

언젠가 바랐던 대로 모든 종류의 무기와 장비를 신화 등급으로 마련해 아공간에 넣어 두고 심심할 때 하나씩 꺼내서 사용해 본다면 무척이나 흥미로울 테니까.

[3단계에서 4단계 강화 성공 확률 5%]

[미스토스를 소모해도 성공 확률은 상승하지 않습니다.]

[그러나 미스토스 1000카퍼스를 소모하면 강화에 실패해도 주날개는 사라지지 않습니다. 단, 재료로 사용되는 날개는 사라집니다.]

[상마왕 초마력 날개를 재료로 사용해 주날개인 3단계 상마왕의 초마력 날개를 4단계로 강화하겠습니까?]

[강화한다./미스토스를 소모해 강화한다./그냥 놔둔다.]

강화는 단계가 오를수록 성공 확률이 낮아진다.

'상마왕의 날개는 4단계 만드는 것도 이렇게 어렵네.'

확률이 5%라는 건 100번 시도해서 5번만 성공할 수 있다는 뜻.

그냥 마음을 비우는 게 상책이었다.

'그냥 되면 좋고 안 되면 말지 뭐.'

그래도 강화 실패 시 주날개가 사라져 버리면 곤란한 터라 미스토스 소모는 필수였다.

"미스토스를 소모해 강화해!"

[용자 레온의 축복 인장이 작용해 미스토스 소모가 반으로 줄어듭니다.]

[미스토스 500카퍼스가 소모되었습니다.]

[상마왕의 초마력 날개가 사라졌습니다.]

그런데 여기서 잠시 더 이상의 진전이 없었다.

재료로 사용한 날개는 사라졌는데, 주날개는 알 수 없는 빛에 휩싸여 있을 뿐이었다.

"뭐야? 실패냐?"

로이스는 맥 빠진 표정을 지었다.

그러나 그것이 아니었다.

곧바로 주날개가 환하게 빛났다. 또한 군주의 목걸이도 찬란한 빛을 내뿜었다.

[초월자의 경지에 들어선 당신에게 특별한 행운이 작용합니다.]

[상마왕의 초마력 날개 4단계 강화에 성공했습니다.]

* 상마왕의 초마력 날개(4단계)

—등급 : 신화

—자유롭게 장착, 탈착이 가능함.

—날개 장착 시 자유롭게 비행할 수 있음.

—윙 블레이드 시전이 가능함.

—윙 실드 시전이 가능함.

—날개 장착 시 전투력이 대폭 상승함.

—마궁과 연결되는 다크 포탈 생성 가능

—초마왕의 권능 : 상급 마왕의 날개를 무기로 변환할 수 있음.

—초마왕의 권능 : 모든 전설 이상 등급 무기의 수호자 소환 가능.

—날개 장착 시 권역의 마궁 240곳을 지배할 수 있음.

—날개 장착 시 최대 맷집과 최대 미흐가 각 240000씩 증가함.

"오! 성공이네!"

로이스는 반색했다.

초월자가 되니 이런 행운도 작용했다.

[날개의 비행 속도가 대폭 증가합니다.]

[윙 블레이드의 공격력이 대폭 증가합니다.]

[윙 실드의 방어력이 대폭 증가합니다.]

[마궁 240곳을 지배 가능합니다.]

[장착 시 최대 맷집이 240000 증가합니다.]

[장착 시 최대 미흐가 240000 증가합니다.]

[초마왕의 권능을 각성했습니다.]

[상급 마왕의 날개 이하 모든 날개를 무기나 장비로 변환할 수 있습니다.]

[당신이 소지한 모든 전설 등급 이상 무기의 수호자를 소환해 전투에 투입할 수 있습니다.]

[단, 수호자들이 모두 당신에게 굴복한 상태여야 합니다.]

이름 [로이스]

레벨 [초월 1]

칭호 [초월자]

신분 [미스토스 군주]

맷집 1740000/1740000(1000000+740000)

미흐 1740000/1740000(1000000+740000)

'초마왕의 권능?'

날개를 강화하자 새로운 능력이 생겼다.

무기의 수호자들을 불러내 전투에 투입할 수 있게 된 것이다.

물론 적어도 전설 등급 이상 무기의 수호자여야 하지만 말이다.

"다켈! 나와 봐."

로이스는 혹시나 해 마검 다켈의 수호자인 다켈을 불렀다.

스스.

그러자 적발의 거친 인상을 가진 검사가 나타나 로이스를 향해 부복했다.

"부르셨습니까, 로드?"

"오랜만이구나."

"로드께서 바쁘신지 요즘 저와 대결을 안 해 주셨지요."

다켈은 섭섭하다는 표정이었다.

로이스가 미소 지었다.

"이제 난 너와의 결투가 별로 의미 없거든. 대신 루니우스나 스텔라와 싸우게 해 줄 테니 염려 마."

"그들도 좋지만 로드의 아공간에 새로 들어온 녀석들 있지 않습니까? 그놈들과 싸우게 해 주십시오."

"마검 바스모와 프리뭄의 채찍 말이냐?"

"그렇습니다."

다켈이 두 눈을 번쩍였다. 로이스는 어깨를 으쓱했다.

"그들은 신화 등급이라 너보다 강할 텐데 괜찮겠어?"

"흐흐, 저는 이미 저의 본래 능력을 몇 단계 돌파한 상태입니다. 그들이 아무리 신화 등급의 수호자라 해도 붙어 보기 전에는 모릅니다."

그 말을 듣자 로이스는 왠지 궁금하긴 했다.

과연 누가 더 강할까?

아니 그보다 모처럼 다켈을 보자 군주의 목걸이가 새로운 내용을 알려 줬다.

[마검 다켈은 본래의 한계를 돌파해 강해진 상태입니다.]

[미스토스 500카퍼스를 소모해 등급을 상승시키면 그의 능력은 더욱 막강해질 것입니다.]

[미스토스를 소모해 마검 다켈을 신화 등급으로 상승시키겠습니까?]

Chapter 6
용자가 존재하는 이유

"오! 이런 것도 가능했나?"

역시나 미스토스는 많고 봐야 한다.

그래야 부하들은 물론이고 심지어 무기도 더 강해지게 만들 수 있는 거니까.

로이스는 다켈을 향해 씩 웃었다.

"다켈! 그간 네가 열심히 한 보상을 이제 받게 될 거야."

"보상이라니! 가당찮습니다, 로드. 저는 그저 로드의 무기로서 계속 쓰임을 받을 수만 있다면 다른 보상은 필요 없습니다."

"신화 등급으로 올려 주려고 했는데 싫다면 어쩔 수 없지."

순간 다켈이 움찔했다.

"서, 설마 그런 것도 가능한 겁니까?"

"물론이야. 지금 막 해 주려고 했는데 네가 괜찮다고 해서……."

"크흑! 아닙니다. 제발 그 보상을 내려 주십시오. 저도 신화 등급이 되고 싶습니다, 로드!"

다켈은 로이스의 바짓가랑이를 붙잡고 매달렸다. 이런 보상인 줄 진작 알았으면 절대 사양하지 않았을 것이다.

그렇지 않아도 같잖은 녀석들이 신화 등급이라며 거들먹거리고 있는 것 때문에 미칠 지경이었기 때문이다.

사실 로이스는 모르고 있지만 아공간의 창고에서 다켈은 전설 등급이라는 이유로 바스모의 대검과 프리뭄의 채찍으로부터 무시를 받았다.

물론 그 무기들 안에 있는 수호자들에게 말이다.

로이스의 허락 없이는 싸울 수 없는 터라 그저 말싸움만 벌였을 뿐인데 말로는 그들을 당할 수가 없었다.

"제발 부탁입니다, 로드. 저도 신화 등급으로!"

"해 줄 테니 기다려 봐."

로이스는 씩 웃었다.

당연히 처음부터 해 줄 생각이었다.

"미스토스를 소모해 다켈을 신화 등급으로 올리겠다!"

그러자.

[용자 레온의 축복 인장으로 인해 미스토스 소모가 반으로 감소합니다.]

[미스토스 250카퍼스가 소모되었습니다.]

[마검 다켈이 신화 등급이 되었습니다.]

'후후, 레온의 축복 인장 덕분에 미스토스를 많이 절약할 수 있어 좋네.'

아까 날개를 강화할 때도 500카퍼스를 절약했고, 이번에 250카퍼스를 또 절약했다.

오늘만 750카퍼스!

이는 하급 마왕 하나를 해치웠을 때 얻을 수 있는 미스토스에 육박했다.

로이스는 매우 흡족한 표정으로 웃으며 말했다.

"어떠냐, 다켈? 신화 등급이 된 기분이?"

그 순간 다켈의 외모가 판이하게 달라졌다.

적발 사이로 붉게 번뜩이는 눈빛!

언뜻 봐도 웬만한 중마왕을 능가하는 기세였다.

전설 등급 상태에서도 본래의 한계를 돌파했는데, 그 상태에서 신화 등급이 되자 또 하나의 한계를 돌파한 것이다.

"흐흐흐, 로드의 은혜를 절대 잊지 않겠습니다. 언제든 저를 불러 주십시오. 이제는 시간제한 없이 나와서 싸울 수 있게 됐습니다."

"잘됐네. 아무튼 기다려 봐. 곧 다른 녀석들을 보게 해 줄 테니까."

로이스는 곧바로 바스모의 대검을 꺼내 손에 쥐었다.

그러자 곧바로 대검에서 빛이 번쩍였다.

[바스모의 대검을 사용하려면 수호자 렉티오의 인정을 받아야 합니다.]

[초월자인 당신은 대검 전술 단계와 상관없이 결계에 진입할 수 있습니다.]

[수호자 렉티오의 결계에 들어가 그와 대결하시겠습니까?]

"좋아! 대결하겠다."

그러자 로이스는 이글거리는 화염 지대 위로 이동됐다.

그의 손에는 대검이 들려 있었는데, 전방에 전신이 불로 뒤덮인 기괴한 생명체가 대검을 번쩍 쳐든 채 로이스를 노려보고 있었다.

그가 바로 대검의 수호자 렉티오.

"크큿! 바스모란 녀석이 주인이었는데 그사이 주인이 바뀐 건 알았다만, 너 같은 애송이라니. 덤벼라! 날 이기지 못하면 넌 나의 주인이 될 수 없느니라. 오직 대검을……."

서걱!

로이스의 대검이 렉티오의 가슴을 갈라 버렸다. 이는 눈 깜짝할 사이에 벌어진 일로 렉티오는 로이스가 어떻게 움직이는지도 보지 못했다.

"커어억! 이, 이런……."

초월자인 로이스에게 더 이상 무기를 들었다고 전투력이 하락하는 불이익은 없다.

대검을 처음 쥔 상태라 해도 그의 움직임 자체가 렉티오의 감각을 초월한 상태.

따라서 무슨 짓을 해도 렉티오는 로이스의 검을 피할 수 없었다.

"앞으로 날 깍듯이 주인으로 모셔라."

"크으! 알겠습니다, 로드."

렉티오의 잘린 가슴은 금방 복구되었다. 그는 그대로 로이스 앞에 부복했다.

이유 불문, 로이스가 대검으로 그를 이겼으니 할 말이 없었다.

[바스모의 대검 수호자 렉티오가 당신을 인정했습니다.]

[새로운 칭호 렉티오의 인정을 받은 자를 얻었습니다.]

새로운 칭호가 생겼지만 초월자 칭호에 비하면 허접한 수준.

로이스는 그냥 칭호를 하나 더 수집했다는 데 만족하기로 했다.

계속해서 로이스는 프리뭄의 채찍도 꺼내 들었다.

[프리뭄의 채찍을 사용하려면 수호자 제드라의 인정을 받아야 합니다.]

[초월자인 당신은 채찍 전술 단계와 상관없이 결계에 진입할 수 있습니다.]

[수호자 제드라의 결계에 들어가 그녀와 대결하시겠습니까?]

"들어간다."

그 순간 로이스는 빙결의 대지 위로 이동했고 한 손엔 채찍이 생겨났다.

극한의 냉지!

그곳에 푸른빛의 채찍을 쥐고 선 여전사가 서 있었으니.

그녀가 바로 수호자 제드라였다.

"나의 주인이었던 상마왕 프리뭄을 그대가 죽였다니 대단하구나. 그러나 채찍으로 날 이기지 못하면 그대는 나의 주인이 될 수 없다."

촤아아악!

그러나 그 말이 끝나기도 전에 로이스가 휘두른 채찍이 제드라의 몸을 휘감았다.

"으윽! 이런!"

제드라는 믿을 수 없다는 몸을 부르르 떨었다.

그녀가 피할 수 없는 속도로 날아든 채찍 앞에 저항하는 건 불가능했다.

"우욱!"

그녀는 피를 토하며 풀썩 주저앉았다. 이미 전신에 있는 힘이 모조리 빠져나간 듯 꼼짝도 할 수 없었다.

로이스가 싸늘히 웃었다.

"이제부터는 내가 너의 주인이다."

그러자 제드라가 힘없이 고개를 끄덕였다.

"당신이라면 자격이 있습니다, 로드."

[프리뭄의 채찍 수호자 제드라가 당신을 주인으로 인정했습니다.]

[새로운 칭호 제드라의 인정을 받은 자를 얻었습니다.]

마찬가지로 신화 등급의 칭호였지만, 이미 초월 등급의 칭호인 초월자가 있는 터라 별 쓸모는 없었다.

로이스는 흐뭇하게 웃었다.

'그래도 칭호는 많을수록 좋은 거겠지.'

가능한 칭호는 모두 수집하자!

이 또한 앞으로 무한의 대륙을 누비며 즐길 수 있는 흥밋거리가 될 것이다.

어쨌든 이로써 로이스는 마검 다켈 외에 새로운 무기 수호자 두 명을 부하로 얻게 됐다.

로이스는 그들을 노려보며 말했다.

"너희들의 서열을 정해 주겠다. 제드라가 대장이고, 다음은 렉티오, 그다음이 다켈이다."

짧은 시간이었지만 로이스는 그들의 전투력을 정확하게 파악했다.

비록 다켈이 그간 로이스의 부하로서 꾸준히 수련을 쌓아 여러 단계를 돌파하긴 했지만, 이제 갓 신화 등급에 오른 그와 아주 오래전부터 신화 등급의 수호자로 지내 온 제드라 등과는 상당한 격차가 존재했다.

그러나 앞으로 또 어떻게 서열이 바뀔지는 알 수 없으리라.

다켈이 자존심이 상한 듯 강한 투지를 불태우고 있었기 때문이다.

"이를 악물고 수련해서 반드시 제드라 대장을 뛰어넘겠습니다, 로드!"

렉티오 또한 자신이 대장이 되지 못한 것이 분한 듯했다.

"다음엔 분명 저를 대장으로 지목하실 것입니다."

그러자 로이스는 고개를 끄덕였다.

"좋아! 다들 기대하겠다. 돌아가서 수련을 하도록 해."

"예, 로드."

"흐흐, 언제든 불러 주십시오!"

"로드께서 불러 주시기만을 기다리겠습니다."

제드라, 렉티오, 다켈이 각자의 무기 속으로 스며들어 사라졌다. 로이스는 무기들을 아공간에 넣으며 흐뭇하게 웃었다.

'쓸 만한 부하들이 생겼네.'

곧바로 침실을 나선 로이스는 기억의 복도를 지나 궁전 밖으로 나가려 했다.

그런데.

복도의 끝에 못 보던 그림이 하나 생겼다.

'저건?'

로이스의 시선이 그 그림에 고정되었다.

평화로워 보이는 시골 풍경.

마을의 농부들이 흥겨워 보이는 표정으로 밀을 수확하고 있었다.

그런 그들을 멀리서 지켜보는 한 부부.

아내의 품에는 아기가 안겨 있었는데, 그 아기의 얼굴이 매우 낯익었다.

다름 아닌 로이스 자신이었기 때문이다.

이미 기사 시엔이 나오는 그림을 통해 아기 때 자신의 모습을 알고 있는 터라 알아보기 어렵지 않았다.

'그럼 저분들이 설마?'

로이스의 몸이 떨렸다.

용맹한 눈빛을 가진 멋진 외모의 청년. 그 옆에 맑은 호수처럼 잔잔한 분위기의 아름다운 여성.

로이스의 부친인 용자 카디나스와 모친 아멜라.

로이스는 바로 그 아멜라의 품에 안겨 있었던 것이다.

"요즘 마왕들이 많이 난동을 부려 힘들죠, 카디나스? 많이 지쳐 보여요."

아멜라의 말에 카디나스가 씩 웃었다.

"미스토스 군주 레카온 님이 대마왕 불칸을 곧 쓰러뜨릴 것이란 소문이 돌고 있어. 조금만 지나면 다시 평화가 올 거야."

"당신 덕분에 이곳 아드리아 대륙은 여전히 평화로워요. 저기 있는 농부들은 마왕들이 수없이 이곳을 노리고 있다는 사실도 모를걸요."

"당연히 그래야지. 평범한 인간들에게 그런 사실은 재앙과 같은 진실이야."

"하긴. 마왕의 존재를 알게 되면 불안해서 제대로 살지도 못하겠죠."

"불안과 두려움에 젖게 되면 불행해질 수밖에 없어. 스스로 목숨을 끊는 이들도 생기겠지. 따라서 그 어떤 마왕이나 마족, 마물들도 아드리아 대륙에 절대 발을 들일 수 없도록 막아야 하는 거지."

카디나스는 미소 지으며 농부들을 가리켰다.

"저기 밀을 수확하며 흐뭇하게 웃고 있는 농부들의 미소, 저들을 바라보며 뿌듯해하는 가족들의 밝

은 표정들. 우린 모든 이들의 저와 같은 평범한 일상을 지켜 주기 위해 존재하는 거야."

평범한 인간들의 평범한 일상을 지켜 주기 위해 용자는 존재한다는 것.

그것이 카디나스의 신념이었다.

"난 힘들고 지칠 때마다 가끔 이렇게 저들이 행복해하는 모습을 보면 다시 힘이 생긴다, 아멜라."

"그건 저도 그래요."

아멜라가 미소 지었다. 그녀는 품에 있는 아기 로이스를 향해 말했다.

"로이스! 너도 잘 보아 두거라. 너 또한 아빠처럼 멋진 용자가 되어야 해. 아드리아 대륙에 있는 사람들이 평화롭게 살 수 있도록 사악한 마왕들로부터 그들을 지켜 주는 것이 네가 할 일이란다."

그러자 아기 로이스는 마치 그 말을 알아들었다는 듯 밝게 웃었다.

그런데 바로 그때였다.

"카디나스 님! 아멜라 님! 지금 마왕 하이무카루스가 성을 습격해 왔습니다."

다급히 나타나 외치는 한 여기사의 모습이 보였다. 그녀는 기사 시엔이었다.

카디나스의 안색이 굳었다.

"하이무카루스라면 중마왕 중 하나인데, 그가 이곳을 노리다니! 나의 힘으로는 그 마왕을 대적하기란 쉽지 않다."

"미스토스 군주 레카온 님께 도움을 요청하는 게 어떨까요?"

"그분이 이곳까지 와 주실 만한 여유가 있을지 모르겠군. 일단은 내가 최대한 그놈을 막아 봐야겠다."

카디나스의 신형이 어디론가 사라졌다.

그러자 아멜라도 뭔가 결연한 표정을 짓더니 아기 로이스를 시엔의 품에 안겨 주며 말했다.

"시엔! 로이스를 부탁해. 아무래도 느낌이 좋지 않아. 나 역시 싸워야겠어."

시엔이 고개를 흔들었다.

"마왕과 싸우는 건 저와 같은 기사들의 일이죠. 아멜라 님은 이곳에 계세요."

그러자 아멜라가 호호 웃었다.

"잊었니, 시엔? 나 또한 용자의 기사야."

"물론 그렇죠. 그것도 최강의 기사이신 맥스 님과 쌍벽을 이룰 만큼 강하시잖아요. 하지만 그래도 아기 로이스 님이 있는데……."

"그래서 네게 부탁하는 거야. 금방 돌아올 테니 잠시만 맡아 줘."

그 말을 끝으로 아멜라의 모습도 어디론가 사라졌다.

아기 로이스는 무슨 일이 일어났는지 모르는 듯 기사 시엔의 품에 안긴 채 두 눈만 반짝이고 있었다.

기억의 그림은 거기서 끝이 났다.

마음이 뭐라 말할 수 없이 뜨거워지는 느낌이었다.

주룩.

급기야 로이스의 두 눈에서 눈물이 흘러내렸다.

'이렇게라도 두 분의 모습을 볼 수 있게 되어 다행이야.'

아득한 무의식의 저편으로 사라졌던 아기 때의 기억이 이렇게 그림으로 나타나 주다니!

그 이후의 일은 그림에 나오지 않았지만 어떤 상황이 펼쳐졌는지는 다 알고 있다.

중마왕 하이무카루스와 그의 권속 마족들에게 카디나스와 아멜라 모두 죽임을 당하게 된다.

로이스는 기사 시엔에 의해 간신히 살아남아 라키아 대륙 체란산으로 피신. 운 좋게 꽃의 요정 릴리아나를 만나 그녀의 품에서 자라게 되는 것이다.

그사이 그림은 처음 카디나스와 아멜라가 농부들을 바라보는 장면부터 다시 시작하고 있었다.

그들을 바라보며 로이스는 씩씩하게 미소 지었다.

'고마워요. 당신들이 있어 제가 있는 것이겠죠. 비록 영원히 뵙지는 못하겠지만 이곳에서 당신들을 항상 기억하겠어요.'

로이스는 주먹을 불끈 쥐었다.

'그리고 평범한 사람들의 평범한 행복을 지켜 주는 게 용자라면, 저는 그 용자들을 지켜 주는 수호자가 될게요.'

그러기 위해서는 대마왕 불칸을 반드시 처치해야 한다.

로이스는 그렇게 마음의 각오를 다지고 기억의 복도를 나섰다.

그렇게 잠시 꽃밭을 거닐던 중.

"로드! 일어나셨습니까요?"

커다란 동굴 앞에서 웬 푸른 머리 소년이 넙죽 허리를 숙여 인사했다.

다름 아닌 라크아쓰였다. 그 동굴은 라크아쓰의 거처였다.

성장의 열매를 통해 점점 강해지는가 싶더니 어느 순간 마력도 대폭 증가해 사람으로 변신도 할 수 있는 영물이 되어 버린 것이다.

그러다 보니 요즘은 거의 네이더가 아닌 인간 소년의 모습으로 돌아다니고 있었다.

"뭐 하고 있어?"

"옷 만드는 중이었습지요. 제가 만든 옷이 요즘 도시 루파인에서 유행이라고 합니다요."

"그래. 수고해라."

라크아쓰 덕분에 로이스는 전투 중 옷이 상해 사라져도 언제든 새것으로 갈아입을 수 있다.

지금도 아공간에는 수백 벌의 옷이 들어 있었으니까.

사실 라크아쓰가 저리 열심히 옷을 만드는 이유는 물론 로이스에게 보탬이 되려는 이유도 있지만, 그렇게 옷만 열심히 만들어도 전투력이 증가하기 때문이었다.

로이스를 위해 뭔가 기여를 하는 것!

그것이 꼭 전투가 아니어도 상관없었다.

옷을 만들어 로이스와 그의 부하들에게 나눠 주는 것은 물론이고, 최근에는 아스피스 성의 외성에 있는 도시 루파인의 의복 상인들에게 옷을 납품해서 돈을 벌기도 했다.

그렇게 벌어 온 돈을 릴리아나에게 건네면 라크아쓰의 전투력이 또 대폭 증가하는 식이었다.

그러니 어찌 신나게 옷을 만들지 않을 수 있겠는가.

로이스 또한 그 사실을 잘 알고 있었다.

'하긴. 꼭 몬스터들과 전투를 해야만 강해지는 게 아니지. 뭐든 열심히만 하면 강해지는 거라 했어.'

아이리스나 로디아도 그렇게 강해지고 있다.

아이리스는 직접적인 전투를 수행하지 않고 작전을 잘 세우거나 새로운 전략을 터득해 나가는 것만으로도 강해진다.

통찰의 눈이나 주시자의 눈과 같은 능력도 대폭 상승이 이루어지고 말이다.

로디아도 각종 마법 도구나 장비를 만들기만 해도 계속 강해진다. 그런 식으로 로이스에게 기여를 하면 마법서 아르니아를 통해 새로운 마법을 터득할 수 있게 되기 때문이다.

그때 마침 아이리스와 로디아가 로이스 앞에 나타났다. 그녀들은 무엇 때문인지 굳어 있었다.

"로드!"

"무슨 일이야?"

"릴리아나 님께 들었어요. 프리뭄으로부터 많은 걸 알아내셨다고요. 그중에 나칸이 불칸의 오른팔이 될 거라는 내용도 있었죠."

로이스는 픽 웃었다. 그것 때문이었나?

"또 나칸이야? 정말 끈질긴 놈이네."

인간으로 태어나 대마왕의 오른팔이 된다는 건 쉽지 않은 일이다.

비록 가는 길은 달라도 나름 대단하다는 건 인정해 줘야 할 것이다.

"나칸이 로드를 위협할 정도는 아니어도 꽤 골치 아픈 일은 벌일 수 있어요. 야비하기로 따지면 마왕들보다 더한 자이니까요."

아이리스는 프리뭄과 지략 대결을 벌일 때보다 훨씬 긴장한 표정이었다.

아마도 나칸이 그녀에게 있어 불구대천의 원수이기 때문일 것이다.

로이스는 고개를 끄덕였다.

"어쨌든 방심할 수는 없는 일이겠지. 그놈이 무슨 꿍꿍이를 부릴지 잘 예측한 후 미리 대책을 세워 봐."

"최선을 다해 보겠어요."

아이리스의 두 눈이 빛났다.

*　　*　　*

대마계 대마왕성의 대전.

불칸은 침중한 표정으로 자리에 앉아 있었다.

'로이스! 그놈 정말 무서운 놈이로군. 프리뭄을 영원히 소멸시킨 것인가?'

믿을 수 없는 일이지만 프리뭄의 흔적이 전혀 느껴지지 않았다.

몽체 상태에서 소멸된 것이 분명했다.

이는 대마계 제1위 상마왕 프리뭄이 영원히 사라졌음을 의미했다.

무슨 수를 써도 그녀를 부활시키기란 불가능해졌으니까.

'프리뭄! 대체 무슨 일이 벌어진 것이냐? 네가 소멸되다니!'

사실 프리뭄의 몽체는 소멸된 것이 아니라 릴리아나의 몽환 결계에 영원히 갇힌 상태라 불칸이 그녀의 존재를 느낄 수 없을 뿐이었다.

불칸으로서는 프리뭄이 소멸되었다고 생각할 수밖에 없는 것이다.

사실 그것도 틀린 건 아니었다.

앞으로 두 번 다시 대마계에 상마왕 프리뭄은 나타나지 않을 테니 말이다.

'프리뭄이 그렇게 될 줄 알았다면 몽인을 새기라고 보내는 것이 아니었다.'

사실은 프리뭄의 지략이 필요해서 살렸던 것인데, 이토록 허무하게 잃고 말다니.

'멍청한 것 같으니! 그리 실패할 것 같았으면 그냥 조용히 몽체 상태로 이곳에서 죽치고 있을 것이지.'

그러나 불칸은 금세 담담함을 되찾았다.

그는 이미 잃어버린 것에 계속 집착하는 성격은 아니었으니까.

'나칸이라고 했던가? 그놈을 불러 봐야겠군.'

잠시 후.

나칸은 대마왕성의 대전으로 소환되었다.

시커먼 로브를 입은 노마법사 나칸.

그는 얼마 전보다 10년은 더 늙어 보였고, 걷기조차 힘들 만큼 기력도 쇠해진 상태였다.

이는 그가 암흑의 탑에서 생명력과 정신력을 너무 과도하게 소모했기 때문이었다.

그런데도 그의 눈빛은 노쇠해진 육체와는 달리 무척이나 강렬하게 번뜩이고 있었으니.

뭔가 사악한 기운이 느껴진다는 것만 빼면 마치 우주가 그의 눈 속에 들어 있는 것처럼 깊고 무한해 보였다.

"위대한 대마계의 대마왕이신 불칸 님을 미천한 종 나칸이 알현하옵나이다."

나칸은 힘겹게 대전의 중앙으로 걸어가 납작 엎드려 외쳤다.

그러자 불칸이 손을 흔들었다.

"일어나서 말해 봐라."

"무엇이 궁금하시옵니까?"

순간 불칸이 나칸을 시큰둥한 눈빛으로 내려다봤다.

"한낱 버러지에 불과한 인간 네놈을 이곳으로 부른 건 프리뭄이 너에 대해 말해서다. 하지만 난 별로 네놈에게 믿음이 가지 않아. 과연 네가 내게 어떤 가치가 있는지 스스로 증명해 봐라. 그렇지 않으면 지금 이 자리에서 넌 죽는다."

나칸이 알 수 없는 미소를 흘리더니 주저 없이 대답했다.

"로드께서 이 종을 부르신 연유는 그 로이스 놈을 상대하기 위함이 아니시겠습니까?"

"잘 아는군. 그래서 너는 그에 대해 무슨 대책이 있느냐?"

"물론이옵니다."

"말해 봐라."

불칸은 여전히 시큰둥한 표정이었다. 나칸이 조금이라도 어설픈 작전을 말한다면 그냥 이 자리에서 찢어 죽일 생각이었으니까.

그런데도 나칸은 그다지 두려워 떠는 기색도 없었다.

"일단 로드께서 궁금해하시는 로이스의 능력에 대해 말씀드리겠습니다. 그놈은 꽃의 요정을 수호자로 둔 덕에 차원력조차 무시할 수 있는 불가사의한 기운인 미호를 사용할 수 있게 됐습니다."

"미호라. 뭐 그런 힘이 있는 건 나도 들어 보긴 했지."

나칸을 보는 불칸의 표정이 살짝 밝아졌다.

프리뭄조차 알아내지 못한 로이스에 대한 비밀스러운 내용을 나칸이 간파했다는 건 놀라운 일이니까.

나칸은 프리뭄이 저술한 암흑의 서를 통달한 건 물론이고 그 이상의 뭔가를 각성한 것이 분명했다.

"그놈은 나의 초월암흑검과 윙 블레이드의 공격도 막아

냈다. 그놈이 과연 나보다 강하다고 생각하느냐?"

그러자 나칸은 고개를 흔들었다.

"이 종의 추측으로는 로이스 놈의 전투력은 로드의 절반에도 미치지 못합니다. 어떤 사술을 통해 로드의 공격을 버텨 냈을 뿐, 만일 로드를 쓰러뜨릴 수 있었다면 반드시 그때 그리했을 것입니다."

"어찌 그리 확신하느냐?"

"그놈이 인간이기 때문이지요."

"인간? 그게 뭐 어쨌다는 거지?"

순간 나칸이 히죽 웃었다.

"이 종 또한 인간이옵니다. 인간의 심정은 인간인 제가 잘 아옵니다. 제가 만일 로이스였다면, 그리고 만일 그때 로드를 쓰러뜨릴 수 있었다면, 천지개벽이 벌어진다 해도 반드시 그 기회를 놓치지 않았을 것이옵니다."

"글쎄! 그건 그냥 너의 생각일 뿐이지 않겠느냐? 그놈은 매우 싱겁고 재미없다며 다음에 날 죽이겠다고 말했다."

"그렇지 않사옵니다. 인간은 본디 무한한 세월을 누릴 수 있는 마왕과는 달리 유한한 삶을 살 수밖에 없는 존재입니다. 따라서 한낱 유희를 위해, 그저 싱겁다는 이유로 기회를 뒤로 미룬다는 건 있을 수 없사옵니다. 이 종의 말을 믿어 주소서! 로이스 그놈은 시간을 벌기 위해 허풍을 떤 것이니 말입니다."

"시간을 번다?"

"그놈은 시간이 지날수록 무섭도록 강해지는 놈이지요. 하오니 최대한 빨리 그놈을 제거하지 않으면, 나중에는 정말로 감당할 수 없는 적이 될 수 있사옵니다."

"좋다. 그렇다면 그놈을 없앨 계책을 말해 봐라."

"로이스를 없애려면 먼저 그놈의 생명력을 지키고 있는 꽃의 요정부터 해치워야 합니다."

"누가 그걸 모르느냐? 그 꽃의 요정은 차원괴류 안에 둥지를 틀고 있어 섣불리 공격할 수가 없다."

차원괴류에 노출되면 불칸도 전투력이 대폭 하락한다.

그것만 아니었다면 불칸은 벌써 루비아나 성을 파괴하고 꽃의 요정을 없애 버렸을 것이다.

Chapter 7
대마계의 총군사

순간 나칸이 의미심장한 미소를 지었다.

"미흐의 힘을 로이스 놈의 수호 요정만 다룰 수 있는 것이 아니지요. 꽃의 요정이라면 미흐의 힘을 능히 다룰 수 있사옵니다."

"네 말은 다른 꽃의 요정들의 협조를 얻자는 뜻이냐?"

"그렇사옵니다. 만일 꽃의 요정 중 최강이라 알려진 초마화(超魔花) 사피아스의 협조를 얻을 수만 있다면, 그녀가 가진 미흐의 힘으로 로드께서 차원괴류를 무사히 통과하실 수 있으실 겁니다."

그 순간 불칸의 두 눈이 번쩍 빛났다.

"그런 좋은 방법이 있었군. 초마화 사피아스라면 나도 잘 알고 있다. 내가 왜 그 생각을 하지 못했는지 모르겠구나."

불칸이 만면에 미소를 지었다.

사피아스의 능력은 상마왕 프리뭄을 능가하며 성격이 괴팍하기로는 불칸 못지않았다.

또한 차원괴류 속에 둥지를 틀고 있어 대마계의 마왕들은 그녀의 근처로 얼씬조차 하지 않았다.

그래도 악은 악으로 통한다고 불칸은 아주 오래전이지만 사피아스와 서로 친밀한 관계를 가진 적이 있었다.

그러다 보니 그는 사피아스를 어떻게 하면 끌어들일 수 있는지도 아주 잘 알았다.

'자존심을 건드리면 간단한 일.'

꽃의 요정 중 누가 최강이냐는 식으로 그녀를 도발하면 사피아스는 분명 릴리아나보다 자신이 더 뛰어난 존재임을 증명하려 할 것이다.

그때 나칸이 말했다.

"로드시여! 상마왕 중 한 분을 사신으로 보내시어 사피아스를 대마왕후로 받아들이겠다 하시는 건 어떻겠습니까?"

"그 또한 괜찮은 생각이로구나. 내겐 어려운 일이 아니지."

본래는 프리뭄을 대마왕후로 들이려 했지만, 프리뭄은 죽었다.

이미 프리뭄에 대한 관심은 차원계의 저편으로 날려 보낸 지 오래.

불칸은 즉각 제10위 상마왕 데카토스를 사피아스가 있는 곳으로 보냈다.

그리고는 나칸을 부드러운 시선으로 쳐다봤다.

"나칸! 네놈 제법 쓸 만한 가치가 있구나."

"그렇게 보아 주시니 영광이옵니다."

"뭔가 더 할 말이 있는 눈치로군."

"예. 꽃의 요정을 확실히 제거하기 위해서는 그 시간에 로이스 그놈이 가능하면 루비아나 성이 아닌 다른 곳에 있어야 수월할 것입니다."

"그놈을 다른 곳으로 끌어내자는 건가?"

"그렇사옵니다. 그놈은 물론이고 절대용자들이나 미스토스 군주들이 정신을 차리지 못하게 압박을 가해야 하옵니다."

"무슨 수로 말이냐?"

그러자 나칸이 두 눈을 번쩍였다.

"이 종을 믿으신다면 부디 맡겨 주시옵소서. 우선 절대용자부터 한 놈 죽여 없애 용자들을 혼란에 빠뜨려 보겠습니다."

순간 불칸이 잠시 침묵했다.

나칸의 몇 마디 말만으로도 머릿속의 근심이 사라지는 것 같았다.

프리뭄이 이 자리에 있어도 생각해 내지 못했을 계책을 나칸은 대수롭지 않은 듯 떠올렸다.

'상당히 쓸 만한 녀석이로군. 프리뭄! 네가 나에게 마지막 선물을 보내고 갔구나. 고맙게 받도록 하지.'

곧바로 불칸은 나칸을 향해 손을 뻗었다.

츠으으으!

그러자 그가 앉아 있는 대마왕좌에서 흑색의 마기가 쏟아져 나가 나칸의 몸을 휘감았다.

"흐읍!"

순간 나칸이 두 눈을 부릅떴다.

그로서는 감당하기 힘든, 아니 상상조차 해 본 적 없는 엄청난 마기가 그의 몸으로 들어왔기 때문이다.

"이, 이건……."

"저항하지 마라. 유약한 인간의 육체로 어찌 대마계의 마왕들을 지휘할 수 있겠느냐? 네놈은 이제부터 마왕이다. 대마계 제100위 중마왕 나칸. 그것이 바로 너다."

본래 제100위 중마왕은 탈락티스다.

그러나 불칸은 탈락티스를 중마왕에서 하급 마왕으로 강등시켜 버렸다.

어차피 대마계의 서열은 불칸이 결정한다.

간혹 마왕들 간 전투를 통해 서열이 뒤바뀌기도 하지만

그것도 불칸이 용인해야 가능한 것!

그의 뜻이 절대적이었다.

그렇게 불칸은 중마왕 가장 하위 서열인 탈락티스를 중마왕에서 하급 마왕으로 강등시키고, 한낱 벌레로 취급했던 인간 마법사 나칸을 그 자리에 올렸다.

이는 불칸의 본신 마기가 아닌 대마왕좌가 가진 권능으로 한 것이라 그의 전투력에는 아무런 영향이 없었다.

"우……."

"으음……."

대전에 엎드려 있는 상마왕들과 중마왕들이 침음을 흘렸다. 그들로서는 불칸의 이 같은 조치가 매우 불쾌했지만, 대마계의 절대자 불칸의 뜻을 거스를 수는 없었다.

반면에 나칸은 이것이 꿈인가 했다.

전신에 솟구치는 엄청난 생명력과 활력!

무한대로 느껴질 만큼 방대한 마나까지!

아니, 이제는 마나가 아닌 마기라 해야 하리라.

그가 그저 이론적으로만 알고 있던 극한의 마법들을 가볍게 펼치고도 남을 만한 방대한 마기가 그의 몸에 들어찬 상태였다.

'이것이 마왕의 힘인가?'

인간인 그가 마왕이 되었다.

하급 마왕도 아닌 중마왕이!

'크크크, 나 나칸이 중마왕이 되다니!'

그는 감회가 새로웠다.

하급 마왕 크리움의 권속으로 평생을 바치다 버려졌던 그가 오히려 크리움보다 높은 마왕이 된 것이다.

'그놈이 이 모습을 보았어야 했는데 아쉽군.'

크리움은 이미 로이스에게 죽임을 당했다.

'죽기를 잘했지. 살았다면 그놈은 죽는 것보다 더한 고통을 받았을 것이다.'

중마왕이 된 그는 이제 하급 마왕쯤은 얼마든지 마음대로 할 수 있게 됐으니까.

그런데 그게 끝이 아니었다.

불칸이 짙은 마기가 물씬 풍기는 흑색의 갑옷을 불칸의 앞에 던졌다.

"입어라. 암흑마갑이라는 것이다."

신화 등급의 방어구인 암흑마갑(暗黑魔甲).

착용 시 생명력과 정신력이 대폭 증가하게 되는 것으로, 불칸이 가진 보물 중 하나였다.

물론 그가 장착한 초월마린갑에 비하면 암흑마갑은 그저 허접한 수준의 장비에 불과했지만, 나칸에게는 매우 유용했다.

중마왕이 되어 증가한 생명력에 또다시 방대한 생명력을 얻게 되었으니 말이다.

더구나 암흑마갑이 가진 강력한 방어력에 의해 웬만한 공격에는 피해도 입지 않을 것이다.

"위대하신 대마왕이시여! 이 버러지 같은 종에게 어찌 이토록 귀한 것을 내주시나이까?"

나칸은 감격하며 외쳤다. 불칸이 싸늘히 웃었다.

"그만큼 너에게 기대하는 바가 크다는 것을 의미하겠지."

"기대에 부응하도록 노력하겠사옵니다."

"날 실망시키지 마라. 그 순간 네놈은 다시 벌레 같은 이전의 몸으로 돌아가게 될 뿐 아니라 마물들의 먹잇감이 되어 사라지고 말 것이니라."

나칸이 몸을 떨었다.

"염려 마시옵소서. 반드시 로드께서 흡족해하실 만한 성과를 보이겠나이다."

불칸이 고개를 끄덕였다. 그리고는 대전을 훑어보며 싸늘히 외쳤다.

"모두 들으라! 나 불칸의 명령이다. 지금 이 시간 이후로 대마계 제100위 중마왕 나칸을 대마계의 총군사로 임명하겠다."

쿠웅!

대전에 엎드려 있는 상마왕들과 중마왕들의 안색이 딱딱하게 굳었다.

버러지 같은 인간 놈을 제100위 중마왕으로 만든 것도 모자라, 이제는 총군사라니!

이는 본래 제1위 상마왕 프리뭄이 맡고 있던 지위였다.

프리뭄이 죽은 지금은 제2위 상마왕 데르테로스가 임시로 맡고 있는 터였다.

그런데 상마왕도 아닌, 중마왕, 그것도 가장 하위 서열인 나칸에게 그 중임을 맡길 줄이야.

그러나 누구도 감히 불칸의 말에 토를 달지 않았다.

만일 그런 자가 있다면 그가 상마왕이라 해도 불칸은 이 자리에서 때려죽여 버릴 테니까.

"명을 받드옵니다."

"로드의 뜻에 따르겠사옵니다."

상마왕들과 중마왕들은 일제히 바닥에 머리를 박으며 크게 외쳤다.

그렇게 나칸은 마왕 서열로서는 제100위 중마왕이지만, 지위로서는 불칸의 바로 아래라 할 수 있는 대마계 총군사가 되었다.

물론 제대로 된 성과를 보이지 않는다면 언제 박탈될지 모르는 불안한 자리였다.

특히나 불칸의 눈 밖에 나는 순간 나칸은 상마왕들과 중마왕들에 의해 갈기갈기 찢겨 버릴 운명인 것이다.

그 사실을 잘 알고 있는 나칸이었지만, 그는 불안해하기보다 오히려 의미심장한 미소를 흘렸다.

'흐흐, 상마왕과 중마왕들을 내 맘대로 움직일 수 있게 된 이상 용자들을 모조리 쓸어버리는 건 일도 아니지. 로드께서는 나를 절대적으로 신임하게 될 것이다.'

무엇보다 나칸은 미스토스의 힘을 쓸 수 있다.

그는 대마계의 중마왕임과 동시에 용자 제라칸의 기사이기도 하기 때문이다.

사실 이제 굳이 제라칸 따위에게 머리를 숙이며 기사 노릇을 할 필요는 없을지도 모른다.

명색이 대마계의 총군사이니 말이다.

그러나 그렇게 되면 미스토스의 힘을 다른 이들에게 의지해야 한다.

당연히 나칸으로서는 제라칸의 기사 자리도 포기할 수 없었다.

'이로써 나는 미스토스와 마왕의 힘을 동시에 쓸 수 있는 유일무이한 존재가 되었다. 용자들에게는 천적이라 할 수 있는 존재가 바로 나 나칸이 될 것이다.'

곧바로 나칸은 불칸을 향해 외쳤다.

"전군 출전을 허락해 주소서! 놈들이 미처 대응하기 전에 신속하게 공격을 해야 막대한 피해를 줄 수 있사옵니다."

"자신 있나 보군."

"결과로 보여 드리겠사옵니다."

나칸의 입가에 맺힌 여유로운 미소를 보며 불칸은 흡족한 듯 웃었다.

"좋아! 당장 출전한다! 나 불칸 또한 함께 출전할 것이다. 전장에서는 총군사의 뜻이 곧 내 뜻이니 그의 명령을 거역하는 놈은 나의 분노를 받게 될 것임을 잊지 마라."

그러자 나칸을 비롯해 대전의 모든 마왕들이 바닥에 머리를 박으며 외쳤다.

"명을 받드옵니다."

"로드의 명을 받드옵니다!"

그렇게 나칸은 대마계의 수많은 마왕들을 이끌고 출전했다. 대마계의 총군사로서!

순간 나칸의 눈빛이 섬뜩한 독기로 이글거렸다.

'로이스! 아이리스! 아시엘!'

사르곤 제국에서 평생을 거쳐 이룩했던 나칸의 모든 것을 빼앗아 간 원수들!

그로 하여금 피눈물을 흘리며 도주하게 만들었던 그 원수들!

'너희들은 내가 대마계의 총군사가 될 줄은 상상도 못 했겠지. 이제 내가 어떻게 너희들의 모든 걸 파멸시키는지 두고 보아라.'

나칸은 비로소 그들에게 복수할 힘을 거머쥐었다 확신했다.

*　　*　　*

그 시간 릴리아나의 꽃밭.

로이스를 향해 아이리스가 다급히 달려왔다.

"로드! 이제 적들의 대대적인 공세가 있을 거예요."

"마왕들이 쳐들어온다는 거야?"

"네. 바로 지금요. 대마계의 모든 마왕들이 일제히 공격을 시작할 거예요. 나칸이 불칸의 오른팔이 되어 대마왕군을 총지휘하고 있어요."

그녀가 주시자의 눈을 통해 뭔가를 또 본 모양이었다.

로이스는 고개를 끄덕였다.

"알았어. 그럼 난 용병계와 절대용자들에게 이 사실을 알려 주고 대비하라고 할 테니 넌 아시엘을 비롯한 용자들에게 알려 줘."

"네, 로드."

곧바로 로이스는 미스토스 용병계로 이동했다.

그리고는 군주들을 소집했다.

그러자 마치 기다렸다는 듯 순식간에 루나, 마르스, 아스텔이 모습을 드러냈다.

"무슨 일로 부르셨나요?"

"절대군주께서 우릴 소집하신다 하셔서 달려왔소."

"무슨 분부라도 있으십니까?"

로이스는 미소 지었다. 군주들이 신속하게 모이자 마음에 들었기 때문이다.

"지금 마왕들이 대대적인 공세를 펼쳐올 거야. 그대들은 용병계에 있는 용병들을 지휘해 용자들을 돕도록 해."

그러자 루나 등의 표정이 긴장으로 물들었다.

"조만간 그놈들이 다시 공격해 올 줄은 알았는데 이렇게 빠르다니 놀랍군요."

"나칸이라는 녀석이 불칸의 책사가 되었다니 조심해. 프리뭄보다 더 교활한 녀석이라고 하니까."

"그런데 미스토스가 부족한 용자들이 도움을 요청해 오면 어떻게 할까요?"

대부분의 미스토스 용병들은 용자들을 거저 도와줄 수 없다. 미스토스를 대가로 받지 않으면 용병계에서 계속 존속하기가 어렵기 때문이다.

그러나 문제는 모든 용자들이 미스토스를 여유 있게 보유하고 있는 것이 아니라는 사실.

대마계에서 대대적인 공세를 취해 온다면, 초급 용자들은 미스토스가 부족하다 보니 강한 미스토스 용병들을 고용하지 못할 것이다. 따라서 수많은 초급 용자들이 대마왕군에 의해 괴멸되어 버릴 수도 있었다.

로이스는 뭐가 고민이냐는 듯 말했다.

"일단 외상으로 도와줘야지. 살려 준 다음에 받아 내면 되잖아."

그러자 루나는 고개를 끄덕였다.

"하긴 용자들이 죽어 사라진다면 용병계 또한 위태로워지니 어쩔 수 없는 일이죠."

대마계의 총공세가 펼쳐지는 지금은 용병계에서의 명성이나 위신, 실리 따위를 따질 때가 아닌 것이다.

"어서들 움직여. 나는 절대용자들에게 가 볼 테니까."

"네, 그럼 저희들은 이곳에서 용병들을 지휘해 최대한 용자들을 지원하겠습니다."

루나 등은 공손히 허리를 숙여 인사를 한 후 밖으로 달려나갔다.

그러자 로이스는 군주의 반지를 이용해 절대용자 라피스의 라주리 성으로 이동했다.

스슷.

라주리 성의 밀실.

그곳에선 막 라피스와 총사 로카니아가 뭔가를 심각하게 얘기 중이었다.

그러다 로이스가 모습을 드러내자 반색했다.

"오! 절대군주 로이스! 그렇지 않아도 그대를 기다리고 있었다."

"내가 절대군주가 된 걸 벌써 알았어?"

"쿠훗! 이미 웬만한 용자들 중 그걸 모르는 이는 없을 거다."

소식도 참 빠르다.

"나 역시 할 말이 있어서 왔어. 지금 대마계의 모든 마왕들이 용자들을 공격하기 위해 출정했다."

그러자 라피스와 로카니아의 안색이 굳었다.

"이런! 그게 정말인가?"

"지난번 크게 패퇴해서 한동안 조용할 줄 알았는데 벌써 공격해 오다니 뜻밖이군요."

로이스는 고개를 끄덕였다.

"불칸이 작정을 하고 오는 게 분명해."

"알았다. 다른 절대용자들에게도 모두 대비하라고 해야겠군. 로카니아!"

"네, 라피스 님. 지금 즉각 총사들에게 알리겠어요."

총사 로카니아는 눈을 감고 명상을 시작했다.

그사이 로이스는 라피스에게 물었다.

"그보다 나에게 하고 싶은 말이 뭐야?"

"타락한 용자 제라칸의 본성과 거점 위치들을 모두 파악했다."

"벌써?"

로이스의 두 눈이 휘둥그레 커졌다. 라피스가 씩 웃었다.

"나를 비롯한 절대용자들이 나선 이상 그런 건 매우 쉬운 일이지. 그런데 문제는 본성인 아페론 성이야. 하필이면 최근 들어 그 근처에 차원괴류가 형성이 되기 시작했다."

"차원괴류라면?"

"맞아. 로이스 그대가 있는 루비아나 성을 둘러싼 그 기괴한 차원력의 흐름과 같은 거다. 그래서 거점들은 모두 없앨 수 있지만 본성은 섣불리 공격할 수 없어."

순간 로이스가 뭘 고민하냐는 듯 말했다.

"아페론 성은 내가 박살 낼 테니 위치나 알려 줘. 난 차원괴류 따위에 영향을 받지 않거든."

라피스의 표정이 밝아졌다.

"그런 것 같아서 그대에게 부탁하려고 했다. 미스토스는 섭섭하지 않게 줄 테니 부디 아페론 성을 괴멸시켜 줬으면 한다. 각 절대용자들이 2천 카퍼스씩 도합 1만 4천 카퍼스의 보수를 그대에게 주기로 했는데 어떤가?”

이는 절대용자들이 로이스에게 하는 정식 의뢰이기도 했다.

미스토스 14000카퍼스의 보수!

하위 서열의 중마왕 하나를 해치우면 얻을 수 있는 미스토스 정도다.

“미스토스를 준다면 나야 환영이지.”

로이스는 미소 지었다.

의뢰가 없다 해도 제라칸을 가만두지 않을 생각이었다.

그런데 용자에게 따로 미스토스의 보수를 받아가며 할 수 있게 됐으니 사양할 이유가 없는 것이다.

그러자 라피스가 환하게 웃었다.

“그대가 받아들일 줄 알았다. 이번 전쟁에서 최종 승리를 하는 것도 중요하지만, 그 와중에 희생되는 용자들의 숫자를 줄이는 것이 더욱 중요하다. 타락한 용자만 아니라면 마왕들이 미스토스 결계를 해제하거나 초마력대공간진을 펼쳐 직접적인 공격을 펼쳐 오지 못할 터. 그대가 아페론성을 괴멸시키고 제라칸을 제거한다면 곧 대마왕 불칸의 왼팔을 잘라 내는 것이나 다름없다.”

“염려 마. 그놈은 진작부터 내가 벼르고 있었으니까.”

세상에 할 짓이 없어서 용자가 마왕과 붙어 다른 용자들을 해친다는 말인가?

마왕보다 더 나쁜 놈이 바로 타락한 용자였다.

절대로 용서할 수 없었다.

용자가 아닌 로이스가 그런 분노를 느낄 정도이니, 용자인 라피스는 오죽하겠는가.

라피스의 표정도 분노로 가득했다.

"로이스! 그대가 아페론 성을 치는 동안 나를 비롯한 절대용자들은 제라칸의 거점들을 동시에 공격할 것이다. 마왕들의 총공세가 이곳에 도달하기 전에 우리가 먼저 제라칸의 세력을 날려 버려야 한다."

그러자 로이스 역시 고개를 끄덕였다.

"길게 끌 것 없이 지금 당장 시작하는 게 어때?"

"우리도 모두 준비된 상태다. 그리고 이것은 아페론 성 앞으로 이동하는 포탈 두루마리다."

라피스는 로이스에게 작은 마법 두루마리 한 장을 내밀었다. 이 두루마리를 찢으면 포탈 마법진이 그 자리에 생겨나는 것이다.

로이스가 곧바로 두루마리를 찢으려 하자 라피스가 손을 흔들며 말했다.

"잠깐! 혹시 부하 중에 초마력대공간진에 능숙한 이가 있어?"

"그건 왜 묻지?"

"그대가 미스토스의 힘을 이용해 방어 결계를 해제하려 하면 제라칸은 초마력대공간진으로 맞설 게 분명해. 그 경우 지략의 대결에서 승리하지 못하면 결계를 해제하기가 쉽지 않다. 거점들은 그와 같은 방어에 한계가 있어서 공략이 쉽지만 본성은 그래서 까다롭지."

"그런 건 염려 마."

로이스에게는 전설적인 전략가 카르세우스의 진전을 얻은 부하 아이리스가 있으니까.

사실 이전에 나칸이 그롤 군단과 함께 아스피스 성에 초마력대공간진을 펼쳤을 때 그냥 주먹으로 후려쳐 결계를 박살 낸 적이 있던 로이스다.

그러나 이번에도 그런 것이 통할지는 알 수 없는 일.

'혹시 모르니 아이리스를 데려가는 게 좋겠어.'

곧바로 로이스는 릴리아나의 꽃밭으로 귀환했다.

그리고 아이리스를 불렀다.

"아이리스! 준비해. 지금 당장 출전이야."

"출전이요? 어디를요?"

"제라칸의 본성인 아페론 성을 공격할 거야. 초마력대공간진을 펼쳐 방어할 수도 있다고 하니 아이리스 네가 필요해."

"그거라면 맡겨 주세요. 누구를 만나도 자신 있어요."

그간 전설의 전략가 카르세우스의 전법을 연구해 온 그녀다.

특히 초마력대공간진의 지략 대결에 있어서는 완벽에 가깝게 숙지한 터였다.

로이스가 미소 지었다.

"좋아! 그럼 당장 이동해야겠군."

그러자 로디아를 비롯한 다른 부하들이 달려왔다.

"로드! 저희들도 출전시켜 주세요."

"제라칸의 목은 저 스텔라에게 맡겨 주세요, 로드."

"아니야. 너희들은 이곳에 있어야 돼. 혹시 이쪽으로도 놈들이 몰려올지 모르거든. 아스피스 성이나 아쿠아스 성에서 지원 요청이 올 수도 있어."

"네, 로드."

로디아 등은 어쩔 수 없다는 듯 고개를 끄덕였다.

마왕들이 총공세를 펼쳐 오는 만큼 루비아나 성의 방어에도 만전을 기해야 하는 것이다.

찌익!

곧바로 로이스는 라피스가 준 포탈 두루마리를 찢었다.

츠으으읏!

순간 그의 앞에 타원형의 작은 마법진이 생성되더니 그 위로 짙푸른 포탈이 하나 생겨났다.

"가자, 아이리스."

"네."

로이스와 아이리스가 진입하자 포탈은 잠시 후 흔적도 없이 사라졌다.

화아아악!

그 순간 환한 광채와 함께 산봉우리 위에 타원형의 마법진이 생겨났다.

동시에 그 위로 두 명의 남녀가 모습을 드러냈다.

다름 아닌 로이스와 아이리스였다.

"저기가 바로 아페론 성인가 보네."

로이스는 산 아래 멀리 보이는 성을 가리켰다.

주위에 짙은 안개가 끼어 있어 흐릿하게 윤곽만 확인할 수 있을 뿐 자세한 성의 모습은 보이지 않았다.

아이리스가 눈을 빛냈다.

"저 안개는 차원괴류군요. 루비아나 성을 둘러싼 기운과 동일해요."

"신경 쓸 것 없어. 넌 내 손을 잡고 통과하면 돼."

미흐의 기운을 가진 로이스에게 차원괴류 따위는 통하지 않는다. 아이리스는 미소 지었다.

"로드! 소형 마전함을 갖고 계시죠?"

"아공간에 하나 있어."

로디아가 새로 개조한 소형 마전함 한 척을 로이스는 아공간 창고에 넣어 두었다.

"소형 마전함은 비록 크기는 작지만 성능은 대형 마전함 못지않아요. 무엇보다 초마력대공간진을 펼칠 수 있는 기능도 존재해요. 이번에 한번 그 성능을 시험해 보는 게 어때요?"

"그럴까?"

창고에 넣어만 두고 있었는데 그런 좋은 기능이 있을 줄이야. 로이스는 즉각 소형 마전함을 아공간에서 꺼냈다.

전차 형태의 마전함!

그러자 아이리스는 그것을 양쪽에 날개가 달린 비행정의 형태로 변신시켰다.

"초마력대공간진을 펼치려면 이 형태가 편하겠죠. 어서 타세요, 로드."

"좋아. 일단 저 차원괴류부터 통과해!"

로이스는 소형 마전함에 오르며 말했다.

"네, 로드."

아이리스는 즉각 소형 마전함을 작동시켜 날아올랐다.

콰아아아—

그리고는 순식간에 차원괴류를 통과했다.

본래라면 차원괴류를 통과하는 순간 소형 마전함에도 이

상이 생겨야 하지만 로이스가 미흐의 기운을 마전함 전체에 두르자 무사했다.

초월자가 된 로이스에게 그런 건 쉬운 일이었다.

한편 그렇게 로이스의 소형 마전함이 차원괴류를 통과해 모습을 드러내자 아페론 성의 총사 에디라스가 즉각 그것을 눈치챘다.

'이런! 제라칸 님이 안 계신 지금 적의 습격이라니!'

제라칸은 대마왕 불칸과 함께 출전한 상태였다.

물론 아페론 성에는 방어 병력이 충분했고, 미스토스 방어 결계 또한 철통처럼 펼쳐져 있지만, 에디라스는 차원괴류를 아무렇지도 않게 통과한 정체 모를 비행정을 보며 못내 느낌이 좋지 않았다.

게다가 더욱 놀라운 일은 그 비행정에서 수십 줄기의 빛이 뻗어 나와 순식간에 아페론 성을 둘러싸 버렸다는 것!

그 빛들이 점령하고 있는 위치들이 심상치 않았다.

'초마력대공간진을?'

그의 표정이 잠시 기괴하게 변했다.

'누군지 모르지만 가소롭구나. 다른 것도 아닌 초마력대공간진으로 여길 공격하겠다?'

Chapter 8
마왕들의 총공격

타락한 용자 제라칸은 일찍부터 초마력대공간진에 대한 많은 연구를 했다.

이를 통해 용자의 성을 단숨에 점령할 수 있기 때문이다.

총사 에디라스는 고대 마왕들의 전법까지 통달한 터였다.

대마계 최고의 지략가라 불리던 상마왕 프리뭄이 나타난다면 모를까, 그녀 외에는 누구에게도 지지 않을 것이다.

아니, 한 명이 더 있다.

상마왕 프리뭄의 모든 걸 전수받은 대마계 총군사 나칸.

그러나 그는 제라칸의 기사이기도 한 터라 매우 든든한 아군이었다.

'그래도 혹시 모르니 병력 지원은 요청해 두는 게 좋겠지.'

그는 즉각 성의 모든 병력들을 방어 태세로 전환시킨 후 불칸의 명령에 의해 파견을 나와 있는 마왕들에게도 지원을 요청했다.

중마왕 한 명과 하급 마왕 열 명이었다.

"제라칸 님이 안 계신 지금 적이 이곳을 습격해 왔소. 그대들의 도움이 필요하오."

"습격이라? 그렇지 않아도 성에만 웅크리고 있었더니 갑갑했는데 잘됐군."

"염려 마라. 제라칸의 총사여! 이미 이곳 아페론 성은 우리들의 마궁과 연결이 되어 있는 상태이니 말이야."

곧바로 아페론 성의 7개 외성 벽에 마족과 마물들이 빽빽이 들어찼다.

수백의 마족과 10만에 달하는 마물들!

이들이 아페론 성을 지원하기 위해 다크 포탈을 통해 순식간에 이동해 왔다.

그때 로이스는 소형 마전함의 푹신한 의자에 앉아 있었다.

그리고는 아이리스가 소형 마전함의 미스토스와 마력을 이용해 초마력대공간진을 펼치는 모습을 지켜봤다.

흥미로운 사실은 수십 개의 빛줄기들이 아페론 성을 포위한 채 거대한 결계를 형성하고 있는데도 총사 에디라스가 그것을 방해하지 않고 있다는 것.

"뭐지? 초마력대공간진의 방어는 자신 있다는 건가?"

"그런 것 같아요."

하긴 라피스는 로이스가 아페론 성의 미스토스 결계를 흩어 버리려 하면 오히려 초마력대공간진으로 방어를 할 것이라고 했다.

즉, 지금 이 상황은 오히려 총사 에디라스가 반기고 있다는 뜻.

그러나 그는 꿈에도 짐작하고 있지 못하리라.

고대의 전략가 카르세우스의 진전을 이은 아이리스가 이곳에 있다는 사실을 말이다.

스스스스.

그사이 초마력대공간진이 완성되었다.

순간 아페론 성을 강렬한 광채로 이루어진 결계가 둘러쌌다.

그리고 그 결계의 벽과 맞물려 아페론 성에서는 잿빛의 막이 형성되었다.

강렬한 광채의 결계 공간은 아이리스의 영역이고, 그것에 맞선 잿빛의 영역은 총사 에디라스의 영역이다.

각각의 영역으로 아군들이 자유롭게 이동할 수 있으며, 이제 지략의 대결을 통해 한쪽의 영역이 강해지고, 반대쪽 영역은 약해져 무너지게 된다.

둘 중 무너지는 쪽이 지략 대결에서 패배하는 것이며, 이는 사실상 전쟁에서의 패배를 의미했다.

아이리스가 패배하면 피를 토하며 쓰러질 것이고, 이는 총사 에디라스 역시 마찬가지였다.

스스스.

곧바로 두 영역의 중간 지점의 상공에 나타난 거대한 정육면체.

그 안에 우주 공간의 별들처럼 반짝이고 있는 6,859개의 붉은빛들.

이제 아이리스와 에디라스는 각각 차례로 한 번에 19개의 위치를 점해가며 정육면체의 공간을 장악해야 한다.

그리고 그것은 매우 빠른 시간에 이루어졌다.

아이리스가 먼저 공격!

그러나 수천 가지 필승 전법을 완벽하게 숙지한 총사 에디라스는 입가에 냉소를 피우며 침착하게 대응해 나갔다.

아이리스의 백색 빛들을 매섭게 포위하는 에디라스의 흑색 빛들.

그것들의 기세는 언뜻 봐도 가공스러워 보였다.

'흐흐, 감히 내게 지략의 승부를 걸다니! 누군지 모르지만 오늘 하늘 위에 하늘이 있다는 사실을 알게 될 것이다.'

그러나 그렇게 자신만만하던 에디라스의 표정은 수십여 차례의 수(手)가 지난 후부터 점자 굳어지기 시작했다.

그러던 일순 그의 안색은 하얗게 질리고 말았다.

'이, 이건 말도 안 돼!'

기세등등하게 정육면체의 공간을 장악해 가던 그의 흑색 빛들이 돌연 아이리스의 백색 빛들에 포위되어 전멸했다.

처음에 밀리는 것처럼 보였던 건 아이리스의 의도였고, 그에 에디라스가 말려들어 단번에 역전되어 버린 것이다.

'이건 손을 써 볼 수도 없다. 피, 피해야 해! 끝장이다!'

그야말로 순식간의 일이었다.

"쿠우우욱—!"

그러나 그는 뭔가 대책을 세울 틈도 없이 그대로 피를 토한 채 쓰러졌다.

스스스스.

동시에 아페론 성을 둘러싼 잿빛의 결계가 강렬한 광채에 밀려나 흔적도 없이 사라졌다.

이는 아페론 성을 보호하던 미스토스 결계가 사라졌음을 의미했다.

또한 성을 지휘하는 총사가 혼수상태에 빠져 버렸으니!

로이스가 그 기회를 놓칠 리 없었다.

그는 즉각 아공간에서 프리뭄의 채찍, 바스모의 대검, 마검 다켈을 꺼낸 후 그것들의 수호자를 소환했다.

그러자 제드라, 렉티오, 다켈이 모습을 드러냈다.

"부르셨나요, 로드?"

"로드의 종 렉티오! 부르심을 받고 나왔습니다."

"마검 다켈! 전투라면 뭐든 맡겨 주시지요."

그들은 뭔가 신나 하는 표정이었다. 전투가 벌어질 것을 직감했기 때문이리라.

로이스가 말했다.

"다켈은 여기서 아이리스를 지키고 제드라는 아페론 성의 북쪽, 렉티오는 남쪽에서 대기해. 도망치는 놈들은 모조리 죽여!"

"명을 받듭니다!"

제드라와 렉티오는 아페론 성의 북쪽과 남쪽으로 이동했다.

콰르릉! 콰아아앙!

그들이 스치며 지나갔을 뿐인데도 가장 외곽에 있던 외성벽이 날아갔고, 그곳에서 대기하던 마물들이 가루로 변했다.

대마계 제1위 상마왕 프리뭄의 애병이던 채찍과 제9위 상마왕 바스모의 대검!

그것들이 나타나자 아페론 성을 지키던 마족들과 마물들은 혼비백산했다. 감히 저항할 엄두도 내지 못하고 그대로 패닉 상태에 빠져 버렸다.

그나마 마왕들이 저항을 하려 했지만, 그 또한 불가능했다.

번쩍!

상공에서 번개가 내리치듯 날아든 로이스의 윙 블레이드 공격!

"크아아악!"

"케에엑!"

마왕들이 일제히 두 쪽이 났다. 중마왕 한 명과 하급 마왕 열 명이 먼지로 변해 차원계의 저편으로 흩어졌다.

"이제 아페론 성은 사라진다. 두 번 다시 이곳에 타락한 용자의 성이 생겨나지 못할 것이다."

로이스의 주먹이 번쩍이자 내성의 궁전을 비롯한 수많은 건물들이 무너져 내렸다.

콰아앙! 콰콰콰쾅!

우르르르! 쿠콰콰쾅!

"크아악!"

"으아아악!"

제라칸의 기사들과 부하들, 그의 가족들과 지원군들이

비명을 지르며 쓰러졌지만, 로이스는 그 어떤 동정도 베풀지 않았다.

차라리 마족이나 마물들은 굴복시켜 부하들로라도 써먹을 수 있지만, 같은 용자를 배신한 타락한 용자 무리는 그런 쓸모조차 없었다.

아니, 쓸모가 있다고 해도 거부하리라.

'타락한 용자와 관련된 놈들은 개미 새끼 하나도 살려두지 않을 거야.'

그렇게 로이스의 손에 의해 제라칸의 본성 아페론 성이 무너졌다.

아페론 성이 있던 곳은 거대한 폐허로 변했다.

항복한 마족과 마물들은 로이스의 소환 명령을 받고 나타난 탈락티스가 알아서 마궁들로 끌고 갔다.

물론 그 와중에 중마궁 한 곳과 하급 마궁 열 곳을 접수한 것은 당연한 일.

"로드! 드디어 아페론 성이 사라졌군요!"

아이리스가 소형 마전함에서 내려와 활짝 웃으며 말했다. 로이스가 미소 지었다.

"수고했어, 아이리스! 네 덕분에 아주 손쉽게 해치울 수 있었다."

"그 또한 모두 로드 덕분이죠."

아이리스가 로이스의 부하가 되지 않았다면 성장의 선물인 전략가 카르세우스의 두루마리를 얻지 못했을 것이다.

그녀는 지금도 일생일대의 행운이 바로 로이스를 만난 것이고, 그의 부하가 되기로 한 것이야말로 최고의 선택이라 생각했다.

그때 로이스가 팔짱을 낀 채 한숨을 푹 내쉬었다. 아페론 성은 부숴지만 정작 그 주인인 제라칸을 죽이지 못했기 때문이다.

"제라칸, 그놈이 아직 살아 있는 한 이 성은 언제 다시 복원될지 몰라."

"일단 여기에 요새를 설치하고 미스토스 방어 결계를 펼쳐 두는 게 어떨까요?"

"좋은 생각이야."

로이스는 날개에서 대기 중인 정령들을 불러내 아페론 성의 폐허에 작은 요새를 세웠다.

"렉티오! 넌 당분간 이곳에 남아서 정령들과 함께 요새를 지켜."

"명을 받들겠습니다, 로드!"

렉티오가 지키고 있는 한 혹시라도 제라칸이 살아서 이곳으로 돌아오더라도 아페론 성을 다시 세우기란 불가능할 것이다.

물론 불칸이나 상마왕들이 도와준다면 가능하겠지만, 그런 일이 벌어지지 못하게 이제부터 그들을 압박할 생각이었다.

"우린 이만 돌아가자, 아이리스."

"마전함에 탑승하면 미스토스 소모 없이 귀환이 가능해요."

"그래? 잘됐네."

군주의 반지로 이동하려면 미스토스가 소모된다.

로이스에게는 무시해도 될 만큼 적은 양이지만, 그래도 그것을 아낄 수 있는 방법이 있다면 굳이 미스토스를 쓸 필요가 없는 것이다.

화아악!

곧바로 소형 마전함이 환한 광채에 휩싸였다.

*　*　*

한편 바로 그 시간 제라칸의 안색이 창백하게 변했다.

"으으! 이, 이럴 수가!"

멀리 있었지만 그는 방금 전 자신의 본성 아페론 성이 어떤 지경으로 변했는지 알 수 있었기 때문이다.

그가 어떻게 손써 볼 수도 없을 정도로 순식간에 벌어진 일.

"이런 말도 안 되는 일이…… 아페론 성이 무너지다니!"

맥이 풀린 제라칸은 털썩 주저앉았다.

그런데 그게 다가 아니었다.

본성뿐 아니라 거점 성들도 모조리 공격받고 있었으며, 그중 태반이 무너진 상태였다.

이대로라면 나머지 거점 성들이 모두 폐허로 변하는 것은 시간문제였다.

그는 즉시 불칸을 찾아 그 사실을 말하고 도움을 요청했다.

그러자 불칸은 시큰둥한 표정으로 대꾸했다.

"안됐다만 어쩔 수 없는 일이야. 지금은 절대용자들의 성을 공격하는 게 우선이다. 특히 절대용자들이 성을 비운 지금이야말로 그놈들의 성을 없애 버릴 절호의 기회라 할 수 있다. 어차피 넌 미스토스가 충분하다 했으니 부서진 성들이야 언제든 다시 만들 수 있지 않으냐?"

"하오나, 저의 모든 거점들이 부서져 버리면 유사시 귀환할 곳이 없어집니다."

제라칸은 지난번 로이스에 의해 죽임을 당했던 것이 떠올랐다.

만약 귀환할 곳이 없는 상황에서 그 같은 일이 벌어지면, 그는 그대로 끝이었다.

그러자 총군사 나칸 또한 심각한 표정을 지었다.

제라칸의 거점 성 하나는 남아 있어야 그 역시 최악의 경우를 대비할 수 있기 때문이다.

"로드! 상마왕 중 하나를 보내시어 제라칸 님의 거점 성 하나 정도는 지키게 하는 것이 좋지 않겠습니까?"

그러자 불칸은 차갑게 웃었다.

"왜 최후의 순간에 살아날 구석은 만들고 싶어서 그러느냐?"

"그게 아니오라……."

"그런 빠져나갈 구멍이 있으면 정신도 분산되어 제대로 집중을 하지 못한다. 기왕 상황이 이렇게 된 이상 너희들이 살고 싶다면 절대용자들을 괴멸시켜라. 그리하면 무너뜨린 절대용자들의 성터에 용자의 성을 새로 세우도록 허락하겠다."

불칸은 이 상황이 오히려 잘되었다 생각하는지 의미심장한 미소를 짓고 있었다.

제라칸은 울상을 지었고, 나칸 또한 탄식했지만 그들은 불칸의 명령을 거스르지 못했다.

"그리하면 이번에 무너뜨릴 절대용자 자드의 성터에 제라칸 님의 성을 세우는 걸 허락해 주시겠사옵니까?"

"그야 물론이다."

불칸이 흔쾌히 고개를 끄덕이자 나칸의 입가에는 회심의

미소가 피어났고, 제라칸 역시 안색이 살아났다.

절대용자의 성터에 성을 세운다면 보다 강력한 성을 지을 수 있기 때문이다.

곧바로 나칸이 눈을 빛냈다.

"이미 준비는 완료되었사옵니다. 이제 로드께서 명령만 내려 주시면, 대마계 모든 하급 마왕들이 각 세계의 용자들을 일제히 공격할 것이며, 중마왕 이상의 주력은 일곱 절대용자들의 성을 향해 총공격을 감행할 것입니다. 물론 그중 여섯 군데는 허세일 뿐, 진정한 공격은 절대용자 자드의 네프리 성을 향할 것이고, 절대용자들이 그 사실을 눈치챘을 때는 이미 성이 점령당한 이후일 것입니다."

그러자 불칸의 입가에 미소가 맺혔다. 그는 즉각 공격 명령을 내렸다.

"지체할 것 있겠느냐? 총공격하라!"

"로드의 명을 받드옵니다!"

"총공격하라!"

"용자들을 쓸어버려라!"

그 순간 대마계 모든 마왕들의 공격이 시작되었으니!

먼저 하급 마왕들이 각 소세계를 지키는 용자들의 성을 공격했다.

용자 아시엘의 아스피스 성!

"아시엘 님! 마왕의 공격입니다!"

"마왕이라고요?"

"예. 순식간에 아스피스 성을 포위했습니다. 마족이 42명에 마물은 5만이 넘는 대군입니다."

총사 타르파의 다급한 음성에 아시엘의 안색이 굳었다.

"그간 마족들은 여러 번 공격해 왔지만 마왕이 직접 공격을 해 온 적은 이번이 처음이군요. 미스토스 방어 결계를 철저히 유지하고 루비아나 성에 전령을 보내 지원을 요청하세요."

"예, 아시엘 님."

아스피스 성에 주둔하고 있는 사르곤 제국 연합군과 미스토스 용병들이 즉각 전투태세를 갖췄다.

이 같은 일은 아스피스 성만의 일이 아니었다.

용자 칼리스의 아쿠아스 성!

용자 데니아의 아이네드 성!

용자 유리안의 헬트 성!

또한 용자 레온의 카디나스 성에도 예외는 없었다.

그들 외에도 샤론 대륙과 사파룬 대륙에 존재하는 수많은 용자들의 성에 대마계에 존재하는 무수한 하급 마왕들이 일제히 총공격을 감행한 것이다.

각 용자의 성들마다 하급 마왕들이 각각 수십의 마족과

수만의 마물들을 이끌고 침공했다.

차원계를 진동시킬 만한 거대한 전쟁!

용마대전(勇魔大戰)의 진정한 시작이었다.

그 시간 미스토스 용병계 군주의 전당.

이미 로이스에 의해 이 같은 일이 벌어질 거라 얘기를 들은 터라 군주들은 미리 대비를 하고 있었다.

상급 기사들을 중심으로 수많은 부대를 꾸려 놓았으니까.

그러나 상황이 생각보다 심각했다.

군주 마르스가 분통을 터드렸다.

"이놈들이 아주 작정을 했군요. 이러다 자칫 용자들이 대거 희생될 수도 있겠소."

그러나 군주 루나는 차분한 표정이었다.

"너무 걱정할 건 없다. 절대용자들이 때맞춰 제라칸의 세력을 거의 괴멸시켜 버렸으니 이제 미스토스가 충분한 용자들은 쉽게 당하지 않을 것이다."

마왕들만의 힘으로는 미스토스 방어 결계를 바로 해제하지 못한다. 미스토스가 빨리 소모되게 압박할 수는 있지만 말이다.

"그건 그렇소만 용자들이 다 미스토스에 여유가 있는 건 아니지 않겠소?"

"그래서 우리가 있는 것이지. 이제부터 상급 기사들뿐 아니라 우리 군주들도 직접 나선다. 지원을 요청하는 용자들의 성에 즉각 출정해 마왕들과 마족들을 우선으로 해치우고 귀환하는 식이다."

"알겠소."

"그렇게 하겠습니다."

그렇게 미스토스 용병계의 용병들이 긴급히 움직이기 시작했다.

바로 그때 절대용자 자드의 네프리 성을 상위 서열의 중마왕 수십 명이 순식간에 포위했다.

그들은 나칸의 지시에 의해 눈 깜짝할 사이에 초마력대 공간진을 위한 결계 지점들을 점령했고, 그로 인해 네프리 성은 시커먼 암흑의 결계로 뒤덮였다.

불칸이 미소 지었다.

"나칸! 네 말대로 중마왕들을 동원하니 단번에 초마력대 공간진이 완성되었구나."

"흐흐, 물론이옵니다, 로드."

상마왕들이 다른 절대용자들의 성을 견제하는 동안 불칸이 중마왕들을 대거 이끌고 이곳 네프리 성을 공격한 것이다.

본래 중마왕들만으로 네프리 성을 함락시키기란 쉽지 않

지만, 초마력대공간진이 펼쳐진다면 얘기가 다르다.

"용자들이 모두 공격을 받고 있으니 미스토스 용병계는 정신이 없을 것이고, 로이스 놈도 친분이 있는 용자들을 보호하느라 이쪽으로 관심을 돌릴 수 없을 것이옵니다."

불칸이 웃었다.

"이제 어서 네프리 성의 결계를 해제하라."

"예, 로드!"

나칸의 두 눈에서 음산한 눈빛이 번쩍이는 순간 암흑의 막과 빛의 막의 경계에 거대한 정육면체가 나타났다.

그러자 네프리 성의 총사 리나엘은 당황한 기색이 역력했다.

"이렇게 빨리 초마력대공간진을 완성하다니!"

"당황하지 마라, 리나엘. 그대의 능력이라면 충분히 방어할 수 있을 것이다."

때마침 네프리 성으로 귀환한 절대용자 자드가 리나엘을 격려했다.

"최선을 다해 보겠어요."

절대용자의 총사인 만큼 리나엘 또한 초마력대공간진의 수많은 전법들에 통달한 터였다.

대마계에서는 상마왕 프리뭄이 온다면 모를까, 그녀가 아니라면 그 누구에게든 절대 밀리지 않을 자신이 있었던 것이다.

그러나 그녀의 그런 자신감은 순식간에 사라지고 말았다.

나칸에게 일방적으로 밀리다가 그대로 패배해 버렸으니까.

"마, 말도 안 돼! 어떻게 이런 일이! 으윽!"

총사 리나엘이 피를 토하고 쓰러졌다.

이에 자드는 깜짝 놀랐다.

"리나엘! 어찌 된 일이냐?"

오래도록 그와 함께 용자의 성을 지켜 온 총사 리나엘이 이리 쓰러지다니!

대체 누가 리나엘을 이토록 빨리 패배시킬 수 있다는 말인가?

그러나 지금은 그런 의문을 가질 만한 여유도 없었다.

초마력대공간진의 대결에서 리나엘이 패배한 순간.

상공에서 넘실거리던 거대한 암흑의 물결이 그대로 네프리 성을 뒤덮어 버렸던 것이다.

스윽.

그와 동시에 절대용자 자드의 앞에 신비한 은발을 휘날리는 멋들어진 용모의 사내가 모습을 드러냈다.

그는 전신에 붉은 비늘 같은 갑옷을 두른 채 음산하기 이를 데 없는 눈빛으로 자드를 노려봤다.

"대마왕 불칸……!"

자드는 침음을 흘렸다.

대마왕이 이곳에 나타나다니!

신성한 용자의 성의 대전에!

오직 용자만이 앉을 수 있는 용자의 옥좌에 불칸이 털썩 앉더니 사악하기 이를 데 없는 미소를 지었다.

"절대용자 자드! 그간 네놈은 대마계의 마왕들을 무던히도 괴롭혔더구나. 오늘이 바로 그에 대한 심판의 날이니라."

그 순간 자드의 신형이 마치 환상처럼 불칸의 뒤쪽으로 이동했다. 동시에 그의 단검이 불칸의 정수리에 내리꽂혔다.

"사악한 마왕 따위가 어디서 감히…… 커어억!"

그러나 그의 단검은 불칸의 정수리 지척에서 그대로 멈췄다.

오히려 검붉은 마기의 오러에 휩싸여 있는 섬뜩한 검이 자드의 정수리를 뚫고 내려와 심장까지 박살 내 버렸다.

불칸의 애병인 초월암흑검이었다.

털썩!

자드는 맥없이 쓰러졌다.

그렇게 오래도록 대마계의 마왕들을 두려움에 떨게 만들었던 절대용자 자드는 대마왕 불칸에 의해 생을 마감했다.

동시에 네프리 성의 모든 것이 불칸의 부하들에 의해 파괴되기 시작했다.

"이건 시작일 뿐이다!"

불칸은 승리의 광소를 흘렸다.

"이제 샤론 대륙과 사파룬 대륙의 땅은 용자들의 피로 붉게 변할 것이다, 영원히! 두 번 다시 용자들 따위가 설치지 못하는 나 불칸의 영역이 될 것이다."

제라칸이 조심스레 물었다.

"이제 이곳에 용자의 성을 지어도 되겠습니까?"

그러자 불칸이 안색을 차갑게 굳혔다.

"뭐가 그리 성급한가, 제라칸? 이제 고작 성 하나를 부쉈을 뿐이다. 성을 지으면 그것을 지키느라 전력이 분산되기만 할 터. 지금은 그런 사소한 것에 신경을 쓸 때가 아니다."

그러자 나칸이 눈치껏 미소를 지으며 말했다.

"다음은 절대용자 플롱입니다. 어서 모리브도스 성으로 이동하시지요."

"물론이다. 하나씩 각개 격파하여 절대용자들을 모조리 쓸어버리리라."

그렇게 불칸과 대마계의 주력은 절대용자 자드의 네프리 성을 폐허로 만들고 절대용자 플롱의 모리브도스 성으로 향했다.

바로 그때 릴리아나의 꽃밭.

로이스를 향해 미스토스 용병계에서 급보가 전해왔다.

—로이스 님! 절대용자 자드가 불칸에게 죽고 네프리 성이 폐허로 변했어요.

전용 비서인 미엘이었다.

미스토스를 통해 뜻을 전달하는 것으로, 군주가 된 이후부터 로이스는 어디서든 그녀와 통신이 가능했다.

—자드가 죽었다고?

—네. 지금 불칸이 또 다른 절대용자를 노리고 있어요. 아직 그곳이 어디인지는 알지 못해요.

—어딘지 알아내면 즉각 보고해.

—네, 로이스 님.

로이스는 침통한 표정을 지었다.

제라칸의 세력을 무너뜨린 것에 기뻐할 사이도 없이 비보를 접하고 말았다.

"제길! 자드가 불칸에게 죽다니!"

그 말에 아이리스와 로디아가 경악하는 표정을 지었다.

"절대용자 자드가 당한 건가요?"

"그래. 대체 어떻게 그리 빨리 성을 무너뜨린 걸까?"

"나칸의 초마력대공간진 때문일 거예요. 프리뭄의 말대로 그는 암흑의 탑에서 엄청난 각성을 한 것이 분명해요."

"아무래도 그놈부터 죽여야겠어."

로이스는 어떤 식으로든 나칸부터 제거해야 할 필요를 느꼈다.

그런데 그때 마침 와 있던 탈락티스가 돌연 상기된 안색으로 말했다.

"로드! 절대용자 자드가 죽은 것은 무척 애석한 일이지만 지금 우리에게 아주 절호의 기회가 하나 생겼습니다."

"절호의 기회?"

"불칸을 비롯한 마왕들이 모두 자리를 비운 지금 대마왕성을 급습해 불칸의 대마왕좌를 파괴해 버리면, 그를 두 번 다시 부활하지 못하게 만들 수 있습니다."

"……!?"

불칸을 영원히 부활하지 못하게 만들 수 있다?

그것이 대마왕좌를 박살 내면 되는 것이었다니!

아이리스의 눈이 반짝였다.

"정말 탁월한 계책이군요. 불칸은 로드가 용자들을 도우느라 정신이 없을 거라 생각하겠죠. 설마 대마왕성을 공격할 거라고는 상상도 못 할 거예요."

로이스 또한 고개를 끄덕였다.

"좋아! 일단 대마왕좌부터 박살 내야겠어."

본래라면 불칸의 다음 목표가 될 절대용자를 도와주러 가려 했다.

그러나 그보다 이것이 더 시급한 일이었다.

"아스피스 성과 칼리스 성, 카디나스 성 등은 염려 마세요, 로드. 루니우스와 스텔라가 지원을 나섰거든요."

하긴 성장의 선물인 그림자 스승을 통해 전투력이 급증한 루니우스와 스텔라의 능력이라면 웬만한 하급 마왕쯤은 어렵지 않게 상대하고도 남았다.

하지만 혹시라도 중마왕 급의 마왕이 나타날 때를 대비해 로이스는 프리뭄의 채찍 수호자인 제드라를 릴리아나의 꽃밭에 남겨 두었다.

"제드라! 이곳에서 넌 아이리스의 지시에 따라라."

"예, 로드."

곧바로 로이스는 탈락티스를 향해 말했다.

"이제 날 대마왕성으로 안내해!"

"예, 로드."

탈락티스의 눈이 비장하게 빛났다.

그는 곧바로 대마왕성 인근으로 이동하는 다크 포탈을 열었다.

츠으으읏!

이 좌표는 몽환 결계에서 릴리아나의 노예가 되어 버린 프리뭄에게 재확인한 터라 정확했다.

"로드! 포탈이 열렸습니다."

"그럼 가자."

로이스는 즉각 포탈로 진입했다.

그 뒤로 탈락티스가 따라 들어갔고, 포탈은 이내 환한 빛과 함께 사라졌다.

Chapter 9
암흑의 가디언 아마스

쿠우우우우—!

상공 전체를 휘감고 있는 가공스러운 마기의 폭풍!

그 아래 우뚝 서 있는 거대한 암흑의 성!

다름 아닌 불칸의 대마왕성이었다.

그것을 보며 탈락티스가 감개무량한 표정으로 말했다.

"드디어 이런 날이 왔군요. 불칸의 의자인 대마왕좌를 반드시 박살 내야 합니다."

"고작 의자일 뿐인데 뭔가 대단한 능력이라도 있는 거야?"

"대마왕좌는 불칸이 죽어도 최후의 생명력을 보전할 수 있게 해 줍니다."

"대마왕좌만 없으면 불칸의 부활이 불가능하다는 뜻이네."

"예. 만일 불칸이 작정하고 대마왕좌와 함께 숨어 버리면 그를 찾기 힘들 뿐 아니라, 다른 차원으로 도주해 그곳에서 새로운 대마계를 만들 수 있습니다."

로이스는 고개를 끄덕였다. 그런 일이 벌어지게 두어서는 안 될 것이다.

"대마왕좌의 위치는?"

"중앙 궁전의 대전에 있습니다. 일단 저 성의 외곽을 두르고 있는 암흑 결계의 막부터 파괴해야 합니다."

불칸과 그의 권속들이 대부분 출정한 상태지만 대마왕성을 방어할 병력은 여전히 남아 있는 터였다.

또한 외부의 침입이 불가능하도록 강력한 암흑의 결계가 펼쳐져 있기도 했다.

"로드! 저 막을 박살 내신 후 곧바로 중앙 궁전의 대전으로 돌진하십시오. 몰려드는 병력은 제가 처리하겠습니다."

"좋아!"

불칸이 눈치채고 귀환하기 전에 최대한 신속하게 처리해야 한다.

로이스는 전력을 다해 암흑의 막을 가격했다.

콰앙!

견고해 보이던 암흑의 막은 로이스가 주먹으로 한 번 후려치자 그대로 흩어져 버렸다.

스스스스.

주먹의 강력한 파괴력에 초월의 힘까지 깃들어 있으니 결계가 버텨 내지 못한 것이다.

"누구냐?"

"감히 여기가 어디라고!"

마족들이 우루루 몰려왔다.

언뜻 봐도 수천은 되는 마족들!

그 휘하 수십만의 마물들!

게다가 그들을 지휘하는 마왕들도 수십 명은 족히 되어 보였다.

모두 하급 마왕들.

그러나 그들을 총괄하는 경비 대장은 그래도 제법 강력해 보였다.

대마계 제1위 중마왕 이페스티오!

불칸은 대마왕성의 방어를 위해 중마왕 중 최강의 존재인 그를 남겨 두었던 것이다.

상마왕에 버금가는 전투력을 가졌다는 제1위 중마왕!

"아니 네놈은?"

그는 로이스가 탈락티스와 함께 기습을 해 오자 깜짝 놀랐다.

대마계의 마왕들 중 로이스를 모르는 이는 없을 것이다.

이페스티오 역시 로이스를 단번에 알아봤다.

그러다 그 뒤를 따르는 탈락티스를 보고는 두 눈을 부릅뜨고 말았다.

"네놈은 탈락티스! 어찌 네놈이 살아 있느냐?"

분명 죽은 것으로 알고 있었는데 멀쩡히 살아 있을 뿐 아니라 미스토스 군주 로이스와 함께 나타나 대마왕성을 기습해 올 줄이야.

그러자 탈락티스가 히죽 웃었다.

"크큿! 왜냐면 난 로이스 님의 부하가 되었기 때문이지."

"뭐라고? 네놈이 미친 게로구나."

이페스티오가 분노의 광망을 내뿜었다.

콰아아아아—

수십 개의 머리를 가진 거대한 드래곤.

그 외형만 보자면 상마왕 프리뭄의 본신 못지않아 보였다.

"비켜라! 너 따위를 상대하러 온 게 아니니까."

그러나 로이스가 귀찮다는 듯 그대로 달려들어 주먹으로 한 번 가격하자 이페스티오의 거대 본체는 그대로 뭉개져 버렸다.

퍼어어억—

"쿠어억!"

[미스토스 70000카퍼스를 얻었습니다.]

이제는 제1위 중마왕 정도를 처치한 것 정도로는 레벨도 상승하지 않았다. 그저 대량의 미스토스를 획득한 것으로 만족했다.

"난 대전으로 들어갈 테니 여긴 네가 맡아라, 탈락티스."

"흐흐, 맡겨 주십시오, 로드."

이페스티오가 죽은 이상 이곳에서 탈락티스를 상대할 수 있는 마왕은 존재하지 않았다.

사실 그는 애초부터 방금 전 로이스에게 죽은 이페스티오에 버금가는 수준의 전투력을 지니고 있었다.

최근 로이스의 부하가 된 이후에는 성장의 선물을 통해 전투력이 계속 증가했기에, 아마 이페스티오와 붙었다 해도 어렵지 않게 이길 수 있었을 것이다.

"크카카카카! 모조리 죽여 주마!"

따라서 수십 명의 마왕들과 수천의 마족들이 몰려오고 있었지만 탈락티스는 눈 하나 깜빡하지 않았다.

그사이 로이스는 중앙의 궁전으로 돌진했다.

그러자 마왕 몇 명과 수백 명의 마족들이 몰려와 앞을 가로막았다.

로이스는 가소롭다는 듯 웃으며 윙 블레이드를 펼쳤다.

번쩍!

"크아아악!"

"케에엑!"

로이스와 궁전! 그 직선상에 위치했던 마왕들과 마족들이 모두 가루로 변해 흩어졌다.

[미스토스 892카퍼스를 얻었습니다.]

[미스토스 1186카퍼스를 얻었습니다.]

[미스토스 974카퍼스를 얻었습니다.]

……

이페스티오를 죽였을 때에 비하면 미미한 양의 미스토스지만 그래도 쏠쏠하게 들어왔다.

'미스토스 쌓긴 좋네.'

1카퍼스 아니, 그 1000분의 1인 1옵소니온의 미스토스라도 가볍게 여기지 말고 열심히 챙길 건 챙겨야 할 것이다.

그러나 지금은 대마왕좌를 부수는 게 우선이다.

콰앙!

로이스는 궁전 외곽에 형성된 결계의 막을 박살 낸 후 대전으로 진입했다.

콰앙! 콰콰쾅!

대전의 문을 박살 낼 때까지 수십 겹의 막을 파괴해야 했지만, 그 또한 윙 블레이드를 펼치자 순식간이었다.

'저것이 바로 대마왕좌?'

대전으로 들어가자 멀리 검붉은 오러가 피어 나오는 커다란 의자가 보였다.

불칸의 의자!

대마계 최고의 군주만이 앉을 수 있는 대마왕좌(大魔王座)였다.

'저것만 박살 내면 되는 건가?'

곧바로 로이스가 주먹을 휘두르려 하던 찰나.

스스스스.

갑자기 주변 공간이 뒤바뀌었다.

사방을 둘러봐도 오직 암흑만 존재하고 있는 공간.

'암흑 결계?'

하긴 불칸이 자신의 생명이나 다름없는 대마왕좌를 이토록 허술하게 방치했을 리가 없었다.

중마왕 이페스티오는 대마왕성의 경비를 책임지고 있었

을 뿐, 이곳 대전에는 정체 모를 또 다른 존재가 지키고 있었던 것이다.

"감히 이곳이 어디라고 들어왔느냐?"

암흑 공간을 울리는 섬뜩한 음성.

그는 머리부터 발끝까지 온통 흑색의 오러로 휘감겨 있었다.

로이스는 그를 노려봤다.

"넌 뭐냐?"

"나는 대마왕좌를 지키는 가디언 아마스! 그리고 이곳은 암흑의 무저갱이다."

"암흑의 무저갱?"

"들어올 수는 있되 나갈 수는 없는 곳이지. 침입자여! 네놈은 돌아가지 못할 길을 건너온 것이니라."

"웃기는 소리!"

로이스는 그대로 돌진해 가디언 아마스를 후려쳤다.

퍼어억—!

순간 아마스가 뒤로 쭉 밀려나더니 움찔 놀라는 표정을 지었다.

"으으윽! 이 기운은? 네놈은 설마?"

대마왕좌의 가디언 아마스를 당혹스럽게 한 미증유의 기운.

그 힘은 초월자가 아니면 가질 수 없는 것이었다.

로이스가 싸늘히 웃었다.

"뭘 그리 놀라는 거냐? 이제 완전히 부숴 주마!"

고작 의자 따위가!

대마계의 대마왕을 끝없이 부활시켰던 악의 근원이었다니!

스스스스.

그런데 그때 아마스의 신형이 여섯 개로 분리되는 것이 아닌가?

또한 각각 다른 장비를 갖춘 상태였다.

로이스가 인상을 구겼다.

"뭐냐? 너도 프리뭄처럼 초월육마분신을 펼치는 건가?"

그러자 아마스의 분신들이 사악하게 웃었다.

"상마왕 프리뭄이 펼친 건 그저 그림자에 불과할 뿐, 내가 진정한 초월육마분신의 원조이니라."

하긴 각각의 분신이 가진 전투력이 상마왕 프리뭄과는 비할 수 없이 강력했다.

아마 대마계에서 불칸을 제외하면 이 앞에 있는 가디언 아마스가 가장 강할 것이다.

"원조라니 그럴듯하네. 하지만 그따위 것들은 더 이상 내게 안 통해!"

로이스가 차갑게 웃으며 한 걸음 앞으로 슥 전진했다.

스스스.

그 순간 로이스의 신형도 여섯 개로 분리되었다.

"너만 이런 걸 할 수 있는 게 아니거든."

초월자가 되자 자연스럽게 체득된 분신술.

물론 아마스의 초월육마분신과 달리 다섯 개는 그저 환영에 불과했다.

그러나 아마스는 그중 뭐가 본신인지 구별이 불가능했다.

그리고 그에 대한 결과는 참혹했다.

로이스의 분신들이 동시에 공격을 펼치는 순간 초월육마분신의 핵심이라 할 수 있는 암흑사제 분신이 무참히 박살 나 버린 것이다.

퍼어억!

"크아아아악!"

암흑사제 분신이 박살 나자, 로이스의 본신은 곧바로 방패 전사 분신을 공격했다.

쾅! 콰쾅! 퍼어억—!

"쿠아아악!"

그래도 제법 강력한 방어력을 가졌는지 로이스의 공격을 두 번이나 방어했지만, 세 번째 공격에 그대로 방패와 함께 먼지로 변해 사라졌다.

퍽퍽! 우두둑! 콰앙—!

"크아악!"

"쿠억!"

"카아아악!"

연이어 마법사 분신, 궁수 분신, 어쌔신 분신도 순식간에 죽었다.

그리고 마지막 하나 남은 대검 전사 분신도 머리가 박살 났다.

퍼어억!

"쿠아아악!"

아마스의 분신들은 프리뭄의 초월육마분신과 비할 수 없이 강력했지만, 당시에 비해 상상도 할 수 없이 강해진 로이스였다.

그러다 보니 싱거울 정도로 손쉽게 아마스의 초월육마분신을 소멸시켜 버렸다.

스스스스.

곧바로 드러난 아마스의 본신은 만신창이 상태였다. 로이스가 성큼 다가가 후려치려 하자 아마스는 다급히 외쳤다.

"으으으! 자, 잠깐! 나를 살려 주면 너에게 영원히 충성을 바치겠다."

로이스가 뜻밖이라는 듯 멈춰 섰다.

"내 부하가 되겠다고?"

"그, 그렇다. 대마왕좌의 주인은 얼마든지 바뀔 수 있는 법. 너라면 불칸보다 더욱 위대한 대마왕이 될 자격이 있다."

로이스를 대마계의 새로운 주인이자 대마왕으로 인정한다는 얘기였다.

그런데 바로 그 순간 군주의 목걸이가 빛났다.

[군주의 목걸이가 진실을 판별합니다.]

[대마왕좌의 가디언 아마스의 말은 거짓입니다.]

[아마스는 누구에게도 절대적인 충성심을 가지지 않습니다.]

'그럼 그렇지.'

로이스는 실소를 흘렸다.

물론 이런 걸 굳이 알려 주지 않았어도 어차피 대마왕좌를 부하로 받아들일 생각은 없었다.

단순히 아마스가 사악한 존재라서가 아니었다.

그렇게 따지자면 마궁에 있는 수많은 마족들과 마물들이 로이스의 부하가 되지 못했을 것이다.

하지만 아마스는 본능적으로 거부감이 들었다.

대마왕 불칸이나 타락한 용자 제라칸처럼 말이다.

"필요 없으니 사라져라! 영원히!"

곧바로 로이스는 주먹을 휘둘러 아마스의 머리를 그대로 날려 버렸다.

콰아아앙!

"크아아악!"

그렇게 대마왕좌의 가디언 아마스가 로이스의 손에 파괴되었다.

[미스토스의 은총이 당신의 노력에 대한 보상을 줍니다.]

[레벨이 올랐습니다.]

[당신의 레벨이 초월 2가 되었습니다.]

[당신의 전투력이 대폭 상승했습니다.]

[당신의 최대 맷집과 최대 미흐가 대폭 증가합니다.]

이름 [로이스]

레벨 [초월 2]

칭호 [초월자]

신분 [미스토스 군주]

맷집 1840000/1840000(1100000+740000)

미흐 1840000/1840000(1100000+740000)

[미스토스 1000000카퍼스를 얻었습니다.]

[당신의 맨손 전투 전술이 초월 2단계가 되었습니다.]

[전쟁신의 투지가 초월 2단계가 되었습니다.]

"레벨이 올랐네."

초월자로서의 레벨이 오르자 전투력 상승 폭은 상급이었을 때와는 차원이 달랐다.

최대 맷집과 미호도 각각 10만씩 상승했다.

게다가 미스토스를 무려 100만 카퍼스나 얻었다.

하긴 대마계를 지탱해 오던 악의 근원을 제거했으니 이 정도는 되어야 하리라.

[초월 2레벨인 당신은 최대 14명의 용자에게 군주의 인장을 새길 수 있습니다.]

[현재 7명에게 인장을 새긴 상태입니다.]

또한 미스토스 군주의 인장을 새길 수 있는 인원도 증가했다.

만약 불칸에게 죽은 절대용자 자드에게 이 인장을 새겨 뒀다면 그를 다시 살릴 수 있었을 텐데, 아쉬운 일이었다.

[미스토스 군주의 인장은 대상을 떠올리는 것만으로 시전이 가능합니다.]

[새로 인장을 새길 용자를 떠올려 주십시오.]

'다행이야. 그렇다면 남은 절대용자들에게라도 인장을 펼쳐 두자.'

이미 절대용자들 중 라피스와 아이언에게는 인장이 새겨진 상태다.

'오르! 코페르! 플롱! 아가트!'

로이스는 죽은 자드를 제외한 나머지 네 명의 절대용자들에게 즉각 미스토스 군주의 인장을 펼쳤다.

혹시라도 최악의 사태가 벌어져 그들이 죽는다 해도 되살릴 수 있을 테니까.

[용자 오르에게 미스토스 군주의 인장이 새겨집니다.]

[용자 코페르에게 미스토스 군주의 인장이 새겨집니다.]

[용자 플롱에게 미스토스 군주의 인장이 새겨집니다.]

[용자 아가트에게 미스토스 군주의 인장이 새겨집니다.]

이로써 도합 11명의 용자들에게 미스토스 군주의 인장이 펼쳐졌다.

그러나 그들은 자신들에게 로이스의 인장이 새겨졌다는 사실을 알 수 없었다.

죽었다가 로이스로 인해 부활하기 전까지는 눈치챌 수 없는 신비의 인장이니까.

'세 명이 남았네. 일단 오늘은 여기까지.'

어차피 모든 용자에게 다 인장을 새겨 줄 수는 없는 일.

로이스는 가급적 자신과 인연이 있는 이들을 우선으로 할 생각이었다.

스스스스.

그사이 로이스는 무저갱이라 불리는 암흑 결계를 빠져나왔다.

아마스의 죽음과 동시에 불칸의 의자인 대마왕좌 또한 가루로 변해 흩어졌다.

또한 대마왕좌의 마기로 인해 지탱되던 대마왕성 전체에 균열이 일더니 이내 무너져 내리기 시작했다.

드드드드드! 쩌저저적—!

콰르르릉! 콰아아앙!

이미 대마왕성을 지키던 하급 마왕들은 탈락티스에 의해 모두 제거되었고, 그 이하 마족과 마물들은 탈락티스에게 항복했다.

*　　*　　*

그 시간 절대용자 플롱의 모리브도스 성.

중마왕들을 수족처럼 움직이며 기습적으로 감행한 나칸의 초마력대공진에 의해 이곳 또한 무력하게 무너지고 말았다.

미스토스 방어 결계가 흩어지자 불칸은 내성 용자의 대전에 있는 플롱의 앞에 나타났다.

"절대용자 플롱! 네년을 이제야 죽이게 되었구나."

푸확—!

불칸은 플롱이 피할 틈을 주지 않고 초월암흑검으로 그녀의 몸을 두 쪽 내 버렸다.

"으윽! 이런……."

플롱이 쓰러졌다. 이어서 불칸의 부하들에 의해 모리브도스 성도 폐허로 변하기 시작했다.

그러나 불칸의 안색은 침통하기 이를 데 없었다.

'빌어먹을! 대마왕좌가 부서지다니.'

이전 미스토스 군주 레카온에게 죽었을 때 불칸이 다시 살아날 수 있었던 것도 모두 대마왕좌가 건재했기 때문이다.

그런데 뜻하지 않은 기습에 대마왕좌가 박살 났다.

그뿐만 아니라 대마왕성까지 무너져 버렸다.

이는 불칸 역시 귀환할 장소가 사라졌음을 의미했다.

최악의 상황이 벌어져 죽임을 당한다면 영원히 소멸되고 말 것이다.

'로이스, 그놈의 짓인가? 그놈이 가디언 아마스를 이길 만큼 강한 능력을 가지고 있었다니!'

불칸은 절대용자 플롱이 앉았던 용자의 옥좌에 앉아서 고심에 잠겼다.

그러나 그는 이내 대수롭지 않다는 듯 음침하게 웃었다.

"어차피 내가 죽지 않으면 그뿐이다. 절대용자들의 기세를 꺾어 버린 이상 이제 로이스 놈만 해치워 버리면 그 누구도 나를 위협할 수 없으리라. 샤론 대륙과 사파룬 대륙 전체가 나의 대마계로 변할 테니 말이야."

그는 벌떡 일어섰다.

"제라칸! 일단 이곳에다 성을 세워라. 당분간 이곳에 본진을 두도록 하겠다."

"예, 로드."

제라칸의 눈이 빛났다.

'드디어 성을 세울 수 있게 됐구나.'

그것도 절대용자의 성이 있던 자리에!

곧바로 제라칸은 미스토스의 힘을 이용해 죽은 총사 에디라스를 부활시켰다.

츠으으읏!

마치 잠에서 깨어난 듯 몽롱한 눈빛을 하던 에디라스는 이내 두 눈을 번쩍이더니 제라칸을 향해 허리를 숙였다.

"면목이 없습니다, 로드."

"대체 어떻게 된 일인가, 에디라스? 아페론 성이 어찌 그리 허무하게 무너졌다는 말인가?"

"초마력대공간진의 대결에서 패배하고 말았습니다. 로이스의 밑에 아주 무서운 지략가가 존재하고 있었습니다."

"그놈에게 그런 부하도 있었던가?"

제라칸은 믿기지 않은 표정이었다. 프리뭄의 진전을 이은 나칸을 제외한다면, 초마력대공간진으로 에디라스를 패배시킬 존재는 없다 생각했기 때문이었다.

그러자 불칸이 인상을 찌푸리며 말했다.

"어차피 로이스 놈만 제거하면 해결될 일이다. 이미 총군사가 그놈을 고립시키고 수호 요정을 해치울 작전을 세워 놨으니 너희들은 지난 일에 신경 쓰지 말고 어서 성이나 짓도록 해라."

"명을 받듭니다."

제라칸은 즉시 에디라스에게 고개를 끄덕였다.

그러자 에디라스가 제라칸의 미스토스를 이용해 아페론 성을 순식간에 재건했다.

일곱 개의 외성을 가진 거대한 성!

물론 그 규모는 대마왕성에 비하면 보잘것없었지만, 아쉬운 대로 불칸은 이곳을 거점으로 사용할 생각이었다.

이로써 용자의 대전이 대마왕성의 대전이 되었고, 용자의 옥좌가 불칸의 대마왕좌가 되었다.

물론 그저 상징적인 의미일 뿐 용자의 옥좌에는 불칸을 부활시킬 만한 능력은 없었다.

"나칸! 이제 이후의 작전을 말해 봐라."

그러자 나칸은 기다렸다는 듯 말했다.

"절대용자의 성 두 곳이 무너진 이상 다른 절대용자들은 이제 자신들의 성에서 한 발자국도 나오지 못할 것이옵니다. 언제 자신들의 성도 무너질지 모른다는 두려움 때문이지요."

"알고 있다. 그놈들은 이제 없는 셈 쳐도 될 거야."

"따라서 절대용자들의 성을 포위하고 있는 상마왕들의 전력을 모두 철수시켜도 상관없사옵니다. 그래도 절대용자들은 섣불리 성을 비우지 못할 테니까요."

"그렇겠지."

"이제 그 로이스 놈만 로드께서 맡아 주신다면 그사이 상마왕들이 사피아스와 함께 루비아나 성을 점령할 수 있사옵니다."

절대용자들의 발은 이미 묶어 놓았다. 또한 미스토스 군주들은 수많은 소세계의 용자들을 돕느라 정신이 없었다.

결정적으로 로이스는 불칸이 유인해 수호 요정과 떨어뜨려 놓을 것이다.

그사이 상마왕들을 비롯한 대마계의 주력이 루비아나 성을 단숨에 괴멸시킨 후 수호 요정을 죽여 버린다는 것!

물론 미흐의 힘을 통해 차원괴류를 무력화시킬 수 있는 사피아스의 도움이 있다는 전제하였다.

불칸은 흡족하게 웃었다.

"이미 사피아스는 나의 뜻을 받아들이겠다고 전해 왔다. 지금쯤 루비아나 성 근처에서 대기한 채 작전이 개시되기를 기다리고 있을 것이다."

그러자 나칸 역시 득의만만한 미소를 지었다.

"흐흐흐, 그렇다면 무엇을 망설이시옵니까? 이제 사실상 승리는 확정된 것이나 다름없사옵니다, 로드."

불칸은 고개를 끄덕였다.

"이제 로이스 놈을 유인할 계책을 말해 봐라."

"아스피스 성이나 카디나스 성 중 아무 곳이든 공격하시면 되옵니다. 그럼 로이스는 반드시 나타날 것이옵니다. 그곳들이야말로 놈의 약점과 같은 곳이지요."

"약점이라. 그따위 하급 용자들이 뭐가 대수롭다는 건지 모르겠군."

"그놈이 인간인 이상 그곳들이 약점이 될 수밖에 없사옵니다. 이 종의 말을 믿어 주십시오, 로드."

나칸의 음흉한 눈빛에는 확신이 가득했다. 불칸이 가소롭다는 듯한 표정을 지었다.

"인간의 심리적인 약점을 이용해 그놈들을 쥐고 흔드는 건 마왕들에게는 아주 기본적인 수법에 불과하지. 내 말은 미스토스 군주까지 된 녀석이 아직도 그런 하찮은 인간의 약점을 가지고 있느냐는 것이다."

"물론이옵니다. 그놈이 설령 초월자가 되었다 해도 그것은 변하지 않을 것이옵니다. 인간이 지닌 태생적 한계이기 때문이지요."

"태생적 한계라."

불칸은 의미심장한 미소를 짓더니 말을 이었다.

"그럼 일단 아스피스 성부터 공격해 보겠다."

그러자 나칸이 히죽 웃었다.

"만약 로드께서 아스피스 성을 무너뜨리고 라키아 대륙

을 폐허로 만들어 버리신다면 로이스 놈은 세상 끝까지 로드를 쫓아올 것입니다."

"염려 마라. 그놈은 내가 확실히 붙들고 있을 테니 그사이 나칸 너는 상마왕들과 함께 사피아스와 합류해 수호 요정을 죽여라."

"예, 로드!"

그렇게 로이스에 대한 불칸의 반격이 시작되었다.

*　　*　　*

츠츠츠츠!

아스피스 성의 외곽이 검게 물들었다.

그러더니 순식간에 암흑의 기운이 물결처럼 아스피스 성을 둘러쌌다.

"이건?"

총사 타르파는 깜짝 놀랐다. 아시엘 또한 심상치 않은 느낌에 안색을 굳혔다.

"어찌 된 일이죠?"

"암흑 결계입니다. 이 정도의 마기로 성을 순식간에 둘러쌀 정도면 최소 상마왕급 이상이 나타난 것이 분명합니다."

"루니우스 님의 도움으로 마왕을 간신히 물리쳤는데, 이제는 상마왕이 나타나다니!"

"당장 루비아나 성에 도움을 요청하겠습니다."

아스피스 성을 위협하던 하급 마왕은 로이스의 부하인 루니우스가 가볍게 처치해 버렸다.

그렇게 아스피스 성을 안정시킨 루니우스는 곧바로 용자 칼리스의 아쿠아스 성으로 이동했다. 그곳에도 마왕이 공격을 해 왔기 때문이다.

그런데 이제는 중마왕도 아닌 상마왕 급의 존재가 공격을 해 올 줄이야.

바로 그때.

"크크크크크크! 여기가 바로 아시엘이라는 풋내기 용자가 지키고 있다는 성이로군."

어둠 속에 나타난 거대한 은발 사내의 환영!

붉은 비늘 갑옷을 입고 있는 그의 전신에서는 숨 막힐 듯한 마기가 뿜어져 나왔다.

"저, 저자는 설마?"

타르파와 아시엘이 안색이 창백하게 변했다.

"부…… 불칸!"

"이럴 수가! 대마왕 불칸! 그가 분명해요."

상마왕만 나타나도 기겁할 지경인데, 대마왕 불칸이 나타나다니!

대마계 최강의 마왕이 직접 아스피스 성을 공격하러 오는 것은 꿈에도 상상해 보지 못한 일이었다.

"용자 아시엘! 좋게 말할 때 미스토스 결계를 풀고 본좌를 맞이하라. 그리하면 목숨만은 살려 주마."

"닥쳐! 죽으면 죽었지 너 따위 마왕에게 굴복은 하지 않는다."

아시엘은 비장한 표정을 지었다.

'나의 운명은 여기까지인 것일까?'

Chapter 10
초마화(超魔花) 사피아스

아시엘은 이미 절대용자 두 명이 불칸에게 죽었다는 소식을 들은 터였다.

그녀와는 비교할 수 없이 강한 능력을 지닌 절대용자들!

그들이 가진 미스토스 또한 상상을 초월할 것이다.

그런데 그런 그들조차 불칸의 공격에 무너졌는데 아시엘이 무슨 수로 버틸 수 있겠는가.

불칸이 조소를 흘리더니 의미심장한 표정으로 말했다.

"어리석은 용자여! 네가 굴복하지 않으면 너뿐만 아니라 너의 부하들과 백성들도 모두 죽는다. 또한 라키아 대륙에 있는 모든 인간들도 멸종하게 될 것이다. 그러나 네가 나에게 굴복하고 이 옆의 제라칸처럼 나에게 충성한다면 아스피스 성은 물론이고 라키아 대륙도 무사할 것이다. 어떠냐?"

순간 아시엘은 분노의 눈빛으로 불칸을 쏘아봤다.

"나보고 지금 타락한 용자가 되라는 것이냐? 그런 일은 꿈도 꾸지 마라."

"크큿! 그 말은 모두가 죽어도 상관없다는 뜻으로 들리는군. 그럼 죽어서도 잊지 마라. 그들은 모두 너 때문에 죽는 것임을 말이야. 네가 내게 굴복했다면 죽지 않을 이들이, 너의 그 헛된 집착과 고집으로 인해 죽는 것이다."

불칸의 그 말에 아시엘의 표정이 침통하게 변했다.

'나 때문에 다 죽는다고? 나의 헛된 집착과 고집 때문에?'

아스피스 성에 있는 수만의 병사들과 도시 루파인의 백성들.

그뿐이 아니다. 라키아 대륙에 있는 모든 이들이 죽게 되는 대재앙!

그것이 바로 아시엘 자신 때문에 벌어지게 된다면?

'그건 안 돼!'

그들을 살리기 위해 용자로서 존재하고 있는 것이 아닌가.

그런데 자신의 선택으로 인해 그들 모두를 죽게 할 수는 없는 일이었다.

그렇게 아시엘의 마음이 흔들리는 듯하자 불칸이 키득거리며 말했다.

"왜 고민되는가, 풋내기 용자여? 그대 한 명의 희생으로 모두를 살릴 수 있다면 그것이야말로 진정한 용자라 말할 수 있으리라. 약속건대 그대가 내게 충성을 바친다면 나는 라키아 대륙에 손끝 하나도 대지 않을 것이다."

그러자 타르파가 비장한 표정으로 아시엘을 향해 말했다.

"아시엘 님! 저놈의 말에 속지 마십시오. 정말로 아시엘 님이 모두를 구하기 위해 저놈에게 충성을 바친다 해도 저놈은 이곳은 물론 라키아 대륙을 폐허로 만들 것입니다. 지금 저놈은 사악한 심리전을 펼쳐 아시엘 님이 스스로 굴복하게 만드는 비열한 수법을 쓰고 있습니다."

"알고 있어요. 절대 굴복하지 않을 것이니 염려 말아요."

아시엘은 이를 악물었다.

'타르파의 말이 맞아. 여기서 내가 굴복하는 거야말로 최악의 선택일 뿐이야.'

설령 모두가 죽는다 해도 마지막까지 불칸과 맞서다 죽는 것이 옳다.

그녀는 곧바로 불칸을 노려보며 외쳤다.

"대마왕 불칸! 난 절대 너에게 굴복하지 않겠다."

"큿, 기어코 죽겠다는 것인가? 하긴 그래야 재미있지. 쉽게 굴복하면 싱거워서 말이야."

불칸은 마치 그럴 줄 알았다는 듯 키득거리더니 옆의 제라칸을 쳐다봤다.

"초마력대공간진을 펼쳐서 미스토스 결계를 없애 버려라."

"예, 로드."

제라칸은 즉각 중마왕들을 지휘해 초마력대공간진을 펼쳤다.

이미 진법을 가동시키기 위한 모든 위치를 불칸이 암흑 결계를 통해 점령해 버린 터라 타르파로서는 속수무책이었다.

"초마력대공간진입니다. 어떻게 손써 볼 틈도 없이 눈 깜짝할 사이에 저 결계를 완성했습니다."

"당황하지 말아요. 침착하게 대응하면 충분히 방어할 수 있을 거예요."

"하지만 왠지 느낌이 좋지 않습니다."

초마력대공간진에 대항하는 진법은 타르파 역시 계속 수련 중이었지만 아직도 경지에 이르려면 멀었다.

그런데 그때 용자의 대전으로 누군가 들어왔다.

다름 아닌 아이리스였다.

"아이리스 님?"

"언제 이곳에?"

그러자 아이리스가 미소 지었다.

"방금 전 불칸의 공격이 시작되기 전에 와 있었죠. 이때쯤 불칸이 이곳으로 공격해 올 거라 생각했거든요."

그녀는 불칸과 제라칸에 의해 초마력대공간진이 완성된 것을 알고 있으면서도 매우 차분한 표정이었다.

그녀는 이미 나칸의 수를 꿰뚫어 봤다.

그가 어떤 식으로 공격해 올지 알고 있었으니까.

심지어 주시자의 눈과 통찰의 눈이 주는 지혜로 인해 불칸이 어디로 올지도 예측했다.

"이제 저건 제게 맡겨 주세요."

"하핫! 물론입니다, 아이리스 님."

타르파와 아시엘의 안색은 환해져 있었다.

아이리스가 고대의 전략가 카르세우스의 진전을 이어 초마력대공간진에 있어서는 그 누구도 그녀를 따를 수 없음을 잘 알기 때문이었다.

"부디 잘 부탁합니다."

"염려 마세요. 아스피스 성의 미스토스 결계는 절대 무너지지 않을 테니까."

아이리스는 자신 있게 미소 지었다.

초마력대공간진의 지략 대결은 용자의 총사가 위임하면 다른 이들도 얼마든지 가능했다.

이미 아이리스는 이전에 그런 식으로 나칸과 지략 대결을 펼쳤던 적이 있었다.

당시에는 나칸에게 밀려 실신 직전까지 갔었지만, 지금은 그때와는 달랐다.

'타락한 용자 제라칸! 네놈이 상상도 못 한 수를 보여 주겠다.'

곧바로 제라칸과 아이리스의 대결이 펼쳐졌다.

그리고 결과는 제라칸의 패배였다. 아이리스에 의해 처음부터 일방적으로 밀리다 결국 패한 것이다.

"쿠우윽! 이럴 수가!"

제라칸은 믿기지 않는다는 표정으로 아스피스 성을 노려보다 이내 피를 토하고 쓰러졌다.

혼절한 것이다.

불칸이 인상을 찌푸렸다.

'이건 또 뭔가?'

제라칸이 절대용자의 성도 아니고 한낱 풋내기 용자가 지키는 성에서 패배하다니.

곧바로 그는 아시엘과 타르파의 옆에서 담담한 미소를 짓고 있는 한 소녀를 노려봤다.

"너의 짓이로군. 건방진!"

불칸의 섬뜩한 눈빛을 받자 아이리스는 정신이 날아갈

것 같았지만 오히려 크게 외치며 맞받았다.

"보았느냐, 불칸? 네가 무슨 짓을 해도 소용없다. 곧 로드께 죽을 테니 각오하는 게 좋을 거야."

"감히! 하찮은 인간 따위가. 내 너의 얼굴을 기억해 두었다. 어떻게 널 죽일지도 말이야. 크큿! 가장 고통스럽게 죽여 줄 테니 기다려라."

불칸은 극도로 분노해서 두 눈에 소름 끼치는 흉광을 번뜩였다.

"아……."

아이리스의 안색이 창백해지더니 비틀거렸다.

그녀가 아무리 대담한 성격을 갖고 있다 해도 상대는 대마왕 불칸이었다.

불칸이 작정하고 험악한 기세를 드러내자 버텨 내기 힘들었던 것이다.

그런데 그렇게 비틀거리는 아이리스의 어깨를 누군가 슥 잡아 세웠다.

"뭘 그리 떠는 거야?"

"로드……?"

아이리스는 반색했다. 그녀의 어깨를 부축해 준 이는 로이스였다.

아시엘과 타르파의 안색도 환해졌다.

"로이스 님!"

"오오! 와 주셨군요."

로이스가 씩 웃었다.

"아이리스! 네 말이 맞았어. 불칸이 여기 아니면 카디나스 성 쪽으로 공격해 올 거라더니 역시 그렇네."

아이리스가 눈을 빛냈다. 그녀의 입가에는 회심의 미소가 맺혀 있었다.

'로드! 이제 불칸을 최대한 붙잡아 두셔야 해요. 그사이 저는 루비아나 성을 공격해 오는 대마계의 주력을 전멸시키겠어요.'

'좋아! 이곳은 염려 말고 어서 가봐.'

둘은 말이 아닌 눈빛만으로도 뜻이 통했다.

이는 아이리스가 이미 그와 같은 작전을 짜서 로이스에게 알려 주었기 때문이었다.

로이스가 없는 루비아나 성을 공격하려는 나칸의 계책을 오히려 역이용하자는 것!

곧바로 아이리스는 루비아나 성으로 귀환했고, 로이스는 번쩍 불칸의 앞으로 이동했다.

"쪽팔리지도 않냐, 불칸?"

"무슨 개소리냐, 인간 놈?"

"명색이 대마왕이란 놈이 연약한 소녀에게 협박이나 하

고 있다니 창피한 줄 알아라."

"그래서 뭐 어쨌다는 거냐?"

불칸은 로이스가 나타나자 회심의 미소를 지었다.

'역시 나칸의 말대로군. 이 녀석은 인간의 약점을 극복하지 못한 게 분명해.'

곧바로 그는 로이스를 잡아먹을 듯 노려봤다.

"로이스! 네놈의 선물은 아주 잘 받았다. 그러나 대마왕좌를 없앴다고 내가 타격을 받았을 거라 생각한다면 착각이니라. 대마계의 모든 힘은 바로 나 불칸으로부터 비롯된 것! 내가 건재한 이상 네놈은 쓸데없는 짓만 했을 뿐이다."

그 말과 함께 불칸은 초월암흑검을 번쩍 휘둘렀다.

파아앗—

순간 그의 전방 공간이 시야에 보이는 아득한 곳까지 갈라져 버렸다.

로이스의 몸도 그에 휘말려 무참히 두 쪽이 난 것처럼 보였다.

콰아앙!

그러나 로이스는 주먹으로 그 공격을 쳐 냈다.

[맷집 1732489/1840000]

'역시 불칸! 꽤 아프긴 하네.'

지난번에는 절대무적의 방어기인 광휘의 막 덕분에 아무런 피해도 입지 않았다.

그러나 이번에는 초월의 기운도 방어할 수 있게 된 터라 작정하고 한 번 막아 본 것이었다.

그런데 한 방에 무려 10만이 넘는 맷집이 날아갔다.

주먹으로 쳐 냈는데도 이 정도이니 제대로 맞으면 몇십만 정도 맷집이 날아갈 수도 있었다.

[용자 유리안의 축복 인장이 효력을 발휘합니다.]

[당신의 생명력이 하락한 만큼 공격력이 증가합니다.]

[용자 아이언의 축복 인장이 효력을 발휘합니다.]

[당신의 생명력이 하락한 만큼 방어력이 증가합니다.]

그러나 로이스에게는 이 같은 신비한 인장들이 있다.

덕분에 공격력과 방어력이 대폭 상승!

'맞고만 있을 순 없지.'

로이스의 주먹이 불칸의 가슴을 후려쳤다.

퍼어억—

"크윽!"

불칸이 입에서 피를 흘리며 뒤로 쭉 밀려 나갔다.

'역시 이제는 되는군.'

지난번에는 무슨 공격을 날려도 불칸에게 피해를 주지 못했는데 이제야 공격이 먹힌다.

모든 공격에 초월의 힘이 추가되었기 때문이리라.

불칸이 인상을 일그러뜨렸다.

"인간 주제에 초월자의 경지에 이른 건가? 대단한 건 인정해 주마. 하나 네놈은 날 절대 이기지 못한다."

불칸의 공격이 빨라졌다.

촥! 좌악! 좌촥!

그는 순식간에 로이스의 몸에 네 군데의 상처를 입히고 환영처럼 스쳐 지나갔다.

"으윽!"

[맷집 1321406/1840000]

미처 막을 수조차 없이 빠른 공격에 맷집이 대거 하락했다.

다행인 건 로이스는 생명력이 떨어질수록 방어력이 증가한다는 것!

아이언의 축복 인장 때문이다.

덕분에 초월암흑검에 직접적으로 타격을 몇 번이나 받았는데도 아직 맷집의 절반도 하락하지 않았다.

게다가 절대용자 라피스의 축복 인장 덕분에 맷집이 저절로 회복되는 터라 상처도 조금씩 아물고 있었다.

물론 불칸의 공격력이 워낙 강하다 보니 계속 맞으면 맷집이 하락하는 건 어쩔 수 없었다.

"이번엔 내 차례다."

로이스의 몸이 번쩍 불칸을 따라붙었다.

퍼퍽—

그의 주먹이 불칸의 안면을 번개처럼 후려치는가 싶더니 이내 두 팔로 불칸의 목을 휘감았고 그대로 힘을 주며 회전했다.

꽈아아악!

공격력이 대폭 증가한 상태라 아까보다 훨씬 강력한 충격이 불칸의 몸에 엄습했다. 그 단단하기 이를 데 없는 불칸의 신체가 부르르 떨리더니 찢겨나갔다.

우드드득!

"쿠어억!"

급기야 피투성이가 된 불칸의 목이 그대로 뽑혀 나왔다.

몸체에서 머리가 떨어져 나왔으니 이대로라면 불칸이 죽

어야 정상일 것이다.

그러나 그의 머리와 몸통이 흑색의 빛으로 변해 사라지더니 멀리서 합체되어 다시 온전한 형체를 이루었다.

그것도 매우 말끔한 상태였다.

물론 인상은 세차게 일그러져 있었다.

"감히 네놈이!"

그는 사실 목이 뽑히든 심장이 부서지든 죽지 않는다.

그러나 방금 전처럼 꼴사나운 모습을 보인다는 건 매우 수치스러운 일이었다.

"크카카카카카캇! 진정으로 네놈이 나를 분노케 하는구나, 로이스!"

불칸이 미친 듯 광소를 흘리자 사방 공간이 붉게 변했다.

섬뜩한 핏빛만 가득한 결계의 공간!

갑자기 불칸의 전신에서 뿜어져 나오는 기세가 대폭 증가했다.

언뜻 봐도 전투력이 몇 배는 더 강해진 것 같았다.

'뭐냐? 폭주라도 한 건가?'

불칸은 핏빛의 광채로 변해 움직였다.

윙 블레이드였다.

번쩍! 번쩍—

그 속도는 로이스로서도 감지할 수 없었다.

촥! 좌촥! 푸확!

몸에 계속 상처가 생겨났다.

'젠장! 엄청 빠르네.'

그 속도만큼 초월암흑검보다 훨씬 강력했다.

그러나 아이언의 축복 인장으로 인해 증가한 막강한 방어력으로 인해 대충 버틸 만은 했다.

물론 한 방 한 방은 버틸 만한 수준이라 해도 그 공격들이 지속되다 보니 어느새 맷집이 절반 이상 하락하고 말았지만.

[맷집 828056/1840000]

전신이 피투성이로 변한 건 당연한 일.

그 모습을 보고 불칸이 비웃었다.

"이제 너와 나의 격차를 알겠느냐?"

"아직은 모르겠는데."

로이스는 어디 더 공격해 보라는 듯 어깨를 으쓱했다.

그러자 불칸이 흉광을 번뜩였다.

"여전히 입은 살아 있구나. 어디 얼마나 더 버티는지 보자."

불칸의 윙 블레이드가 날아들었다.

촥! 좌악! 푸확—

로이스의 몸에서 피가 튀었다.

'으윽!'

아프긴 하지만 고통이야 이미 이력이 난 터.

맷집이 깎여 나갈 때마다 공격력과 방어력이 증가하니 그것을 위해서는 부상 따위는 얼마든지 감수할 수 있었다.

'도무지 저놈의 움직임을 볼 수가 없어.'

이전에 라피스의 라주리 성에서 맞붙었을 때보다 불칸의 움직임은 비할 수 없이 빨라졌다.

이는 그가 폭주한 상태라 전투력이 대폭 상승했기 때문이리라.

[맷집 582018/1840000]

[생명력이 하락한 만큼 공격력이 증가합니다.]
[생명력이 하락한 만큼 방어력이 증가합니다.]

다행히도 로이스의 맷집이 30% 정도까지 하락했을 때부터는 불칸의 윙 블레이드가 그다지 큰 충격을 주지 못했다.

[맷집 581860/1840000]

방어력이 얼마나 많이 증가했는지 윙 블레이드 한 방에 맷집이 200도 떨어지지 않을 정도였다.

그 못지않게 공격력도 대폭 증가한 상태!

끝없이 맞으면서 기회를 노리고 있던 로이스의 두 눈이 번뜩이는 순간.

퍼어억!

그의 주먹이 빛살처럼 초월마린갑을 뚫고 들어가 불칸의 심장을 박살 냈다.

"크아아아아악!"

불칸이 처참한 비명과 함께 뒤로 멀리 날려 가더니 이내 퍽 소리와 함께 그의 몸이 터져 버렸다.

'뭐냐? 설마 끝인가?'

하긴 그럴 만했다. 지금 로이스의 공격력은 그 자신도 과연 어느 정도인지 가늠하지 못할 만큼 엄청나게 상승한 상태였기 때문이다.

스스스.

그러나 아쉽게도 산산조각 났던 불칸의 신체는 금세 다시 복구되었다.

확 구겨진 인상.

원독이 가득한 눈빛!

불칸은 로이스를 잡아먹을 듯 노려보면서도 동시에 뭔가

질려 하는 기색이 역력했다.

'대체 어디서 저런 괴물 같은 놈이 나타난 건지 모르겠군.'

불칸은 힘의 근원이 따로 없다.

마기가 완전히 소진되지 않는 한 전신이 부서져도 죽지 않기 때문이다.

더구나 그는 소진된 마기가 매우 빠르게 회복되기 때문에 사실상 무한대와 다름없는 생명력을 가진 것이나 마찬가지다.

지금 그가 멀쩡한 상태로 돌아온 것이 바로 그 때문이니까.

그러나 대마왕좌가 박살 난 지금은 마기의 회복이 매우 더딜 수밖에 없다.

따라서 이런 식으로 전신이 박살 났다가 다시 복원되는 건 좋지 않았다. 마기가 대거 소모되기 때문이다.

'저놈의 주먹에 맞지 않도록 조심해야겠군.'

불칸은 오늘 전투를 통해 자신이 로이스를 쉽게 처치할 수 없음을 인정할 수밖에 없었다.

'일단은 최대한 저놈을 붙잡아 두어야 한다.'

무리해서 죽여 봤자 로이스는 미스토스의 힘으로 다시 살아날 테니까.

'부활이 불가능하게 수호 요정부터 해치우는 게 우선이야.'

지금쯤 나칸과 사피아스가 로이스의 거점을 공격하고 있을 터.

상마왕들까지 모두 합세한 이상 로이스의 거점은 물론 수호 요정까지 죽는 건 시간문제였다.

그 시간만 벌어 주면 되는 일.

'로이스! 네놈이 나의 대마왕좌를 부쉈으니 너의 수호 요정은 내가 죽여 주마.'

곧바로 불칸은 로이스를 도발하며 다시 윙 블레이드의 공격을 펼쳤다.

"크카카카카캇! 덤벼라, 로이스! 오늘 네놈과 나 둘 중에 하나만 살아서 이곳을 떠날 것이다!"

그러자 로이스는 불칸의 공격을 담담히 받아 내며 속으로 웃었다.

'너만 시간을 끌고 있는 게 아니야, 불칸. 나 역시 널 이곳에 붙잡아 두고 있는 거다. 과연 누가 웃게 될지는 잠시 후에 알게 되겠지.'

*　　*　　*

그 시간 루비아나 성의 외곽.

대마계 총군사 나칸과 일곱 명의 상마왕들이 수많은 마

족들을 이끌고 루비아나 성을 노려보고 있었다.

제2위 상마왕 데르테로스를 비롯한 일곱 명의 상마왕들이 이끄는 이들 마족 군단은 대마계 최강의 정예였다.

그리고 그들 앞에 홀연히 서 있는 푸른 머리의 여인.

청금석처럼 신비롭게 빛나는 머리카락 사이로 푸른 홍채가 요사하게 빛났다.

푸른 입술에는 음침한 미소가 걸려 있었다.

아름답고 요염하지만 무척이나 사악한 기운을 풍기는 이 여인이 바로 꽃의 요정 중 최강이라 불리는 초마화 사피아스였다.

그녀는 힐끗 고개를 돌려 나칸을 노려봤다.

"저 안에 스스로를 최강이라 자처하는 꽃의 요정이 있다는 건가?"

"그렇습니다, 사피아스 님."

나칸이 조심스레 대답했다.

"이제 때가 되었습니다. 저 차원괴류만 무력화시켜 주신다면 저 가증스러운 요새를 쓸어버리겠습니다."

그러자 사피아스가 나칸을 비롯한 대마계의 군단 쪽을 향해 손을 슥 휘저었다.

파아아—

그녀의 손에서 피어난 짙푸른 기운이 모든 마왕들과 마

족들을 향해 파동처럼 스쳐 지나갔다.

"되었다. 이제 저따위 차원괴류는 신경 쓰지 말고 진군하라."

그 말에 나칸과 데르테로스 등은 반색했다. 그들은 곧바로 크게 외쳤다.

"모두 총공격하라!"

"위대하신 로드 불칸 님의 이름으로 저 가증스러운 성을 짓밟아라!"

곧바로 일곱 명의 상마왕들이 기세등등하게 차원괴류를 통과했다. 그 뒤로 정예 마족들이 파도처럼 밀려갔다.

날개를 펼치고 가장 먼저 차원괴류를 통과한 상마왕 데르테로스는 자신의 전투력에 이상이 없자 득의만만한 미소를 지었다.

"차원괴류를 무력화시키다니! 정말 놀라운 능력이군."

"크크큿! 과연 대마왕후 자격이 있도다!"

상마왕들은 사피아스의 신비한 능력에 감탄했다.

그사이 정예 마족들도 모두 차원괴류를 통과해 루비아나 성을 새까맣게 포위했다.

루비아나 성의 대형 망루 위.

그곳엔 아이리스가 로디아와 함께 그들을 노려보고 있었다.

그녀들은 일곱 명의 상마왕들이 몰려왔는데도 눈 하나 깜빡하지 않았다.

오히려 알 수 없는 묘한 미소를 지으며 말했다.

"사악한 마왕들이여! 드디어 죽을 자리를 찾아왔구나. 오늘 이 자리가 너희의 영원한 무덤이 될 것이다."

그러자 데르테로스가 가소롭다는 듯 웃었다.

"겁에 질려 실성이라도 했나 보군. 좋게 말할 때 미스토스 결계를 해제하고 항복해라. 그러면 목숨만은 살려 주마."

"망상에서 깨어나라, 마왕! 그런 일은 절대 벌어지지 않는다."

아이리스가 코웃음 치자 그사이 차원괴류 안으로 진입한 나칸이 음흉하게 웃었다.

"크크크, 아이리스! 네년과의 질긴 악연도 오늘 끝이 나겠구나. 네년 역시 네 아비와 큰오라비처럼 내 손으로 끝내주마."

순간 아이리스의 안색이 차갑게 굳었다.

'나칸! 네놈이 감히!'

부모님과 큰오라비니를 죽인 원수이자 세상을 파괴할 대악마가 되어 버린 나칸을 보며 어찌 피가 거꾸로 솟지 않을 수 있을까?

그러나 그녀는 이내 차분하게 미소 지었다.

가슴에서는 분노가 끓어오를망정 그녀의 머리는 냉정을 유지했다.

지금 그녀는 로이스 휘하 군단의 총군사로서 사악한 대마계의 세력과 전투를 벌여야 하는 상황이었다.

이 중요한 때에 복수심으로 냉정을 잃어서는 안 될 것이다.

그녀는 나칸을 쏘아보며 외쳤다.

"나칸! 네놈이야말로 죽을 자리를 찾아왔음을 알게 될 것이다."

"크크크, 끝까지 큰소리로구나. 아이리스! 네년이 비록 뛰어나다 하나 내 앞에서는 그저 풋내기요 애송이에 불과할 뿐이다."

나칸은 키득거리며 상마왕들에게 신호를 보냈다. 그러자 순간 루비아나 성을 시커먼 암흑의 기운이 둘러쌌다.

초마력대공간진이었다.

그러자 아이리스 역시 그에 맞서 환한 빛의 막을 일으켰다.

스스스.

순간 두 막의 경계 지점에 거대한 정육면체가 생성되었다.

나칸이 가소롭다는 듯 웃었다.

"너는 내 상대가 되지 못한다, 아이리스."

"말만 늘었나 보구나. 내가 누구의 진전을 이었는지 네놈이 안다면 그리 자신하지 못할 것이다."

아이리스는 의미심장한 미소를 지으며 나칸과 지략의 대결을 펼쳤다.

물론 이미 승부는 정해져 있었다.

프리뭄의 필승 전법이 담긴 암흑의 서 따위는 애초부터 고대의 전설적인 전략가 카르세우스의 전법에 비하면 하찮은 수준일 뿐이었다.

초반부터 일방적으로 밀리기 시작하던 나칸은 결국 처참히 패배했다.

"이런! 믿을 수 없다! 어찌 네년이!"

나칸은 입에서 피를 쏟았다. 그러나 중마왕으로 거듭나며 얻은 강력한 생명력 덕분인지 쓰러지지는 않고 비틀거렸다.

순간 상마왕들의 안색이 변했다. 갑자기 흑색의 막이 사라지더니 외부에 있던 차원괴류가 안쪽으로 밀려와 그들을 덮쳤던 것이다.

"어찌 된 거냐, 나칸?"

"총군사! 대답해 봐라. 지금 무슨 일이 벌어지고 있는 건가?"

이는 사피아스가 어떻게 손써 볼 틈이 없이 벌어진 일이었다.

아까는 그녀가 미리 미호의 힘을 이용해 전투력 하락을 막아 줬지만, 지금처럼 이미 차원괴류에 휩싸여 버린 후에는 방법이 없었다.

"이런!"

더욱 경악할 만한 일은 그게 아니었다.

차원괴류가 거대한 결계를 형성해 마왕들과 마족들을 둘러싸 모두들 그 안에 갇혀 버린 것이다.

"귀환이 불가능하다!"

"공간 이동을 할 수가 없다. 어찌 이런 일이!"

상마왕들이 그 같은 지경에 처했으니 휘하 마족 군단의 혼란은 이루 말할 필요가 없었다.

나칸은 망연자실한 표정으로 아이리스를 노려봤다.

"이게 다 네년의 짓이냐? 초마력대공간진에 이런 능력도 있었다는 말이냐?"

Chapter 11
꽃의 정화 수페르무스

아이리스는 냉소하며 대답했다.

"물론이다, 나칸. 넌 그저 우물 안의 개구리였을 뿐이다. 초마력대공간진에는 차원괴류를 이용해 적을 괴멸시키는 전법도 존재하지."

비록 잠깐일 뿐이지만 결계 안에서는 적의 전투력이 대폭 하락하게 된다.

그리고 그 잠깐이면 적을 전멸시키기 충분한 시간.

"이제 끝낼 때가 왔군요. 절대용자 플롱! 나머진 당신에게 맡기겠어요."

그 순간 푸른빛의 신비한 활을 든 여궁수가 아이리스의

옆에 모습을 드러냈다.

“이때를 얼마나 기다렸는지 모른다.”

불칸에 의해 죽임을 당했던 절대용자 플롱이었다.

다행히도 그녀가 불칸에게 죽기 직전 로이스는 미스토스 군주의 인장을 펼쳐 두었다.

덕분에 로이스는 루비아나 성에서 그녀를 부활시킬 수 있었다.

그리고 바로 이때를 대비해 플롱의 부활을 모두에게 알리지 않았다.

전투력이 대폭 하락한 상마왕들을 단번에 괴멸시킬 수 있는 복병으로 쓰기 위함이었다.

그리고 그때 상마왕들을 더욱 절망적으로 만드는 일이 벌어졌으니!

“모리브도스 성의 성터에 새로운 용자의 성을 세운 제라칸의 아페론 성이 무너졌다고 합니다. 절대용자 라피스 님이 보내신 전갈입니다.”

아이리스에 의해 나칸의 계책이 간파되었고, 그것은 미스토스 군주들은 물론 절대용자들에게도 알려졌다.

그로 인해 불칸이 로이스와 맞붙고, 나칸이 대마계의 주력을 이끌고 루비아나 성을 공격하는 그 순간, 절대용자들이 제라칸의 아페론 성을 급습, 괴멸시켜 버린 것이다.

그곳을 지키던 대마계의 군단들도 전멸한 것은 당연했다.

아이리스는 곧바로 나칸이 들으라는 듯 크게 외쳤다.

"나칸, 너는 이제 돌아갈 곳도 사라졌구나. 타락한 용자 제라칸이 죽은 이상 넌 이곳에서 죽으면 부활이 불가능하다는 사실을 아느냐?"

"무엇이! 네년이 감히!"

나칸은 몸을 부들부들 떨었지만 반박하지 못했다. 아이리스의 말대로 정말 아페론 성이 무너졌고 제라칸이 죽었다면 그는 이곳에서 죽는 즉시 소멸될 것이다.

물론 제라칸이 살아 있다면 어떻게든 또 미스토스로 부활시킬지 모르지만, 아이리스는 지금쯤 제라칸이 로이스에게 죽었을 거라 확신했다.

그래서 그녀는 차갑게 웃었다.

"나칸! 넌 이제 끝장이야."

그 순간 절대용자 플롱이 날린 화살이 상마왕 데르테로스의 가슴에 박혔다.

파아악!

"크으윽!"

본래라면 플롱의 화살 정도는 가볍게 튕겨 버릴 능력의 데르테로스였지만, 차원괴류로 인해 전투력이 대폭 감소한 상태라 맥없이 당했다.

단 한 방에 그가 가진 힘의 근원이 파괴되어 버렸으니.

"크으윽! 부, 분하다……."

대마계 제2위 상마왕 데르테로스의 최후였다.

그런데 그것은 시작이었을 뿐 플롱의 화살은 백발백중 상마왕들과 휘하 중마왕들을 향해 소나기처럼 날아들었다.

푹! 푸확! 푹푹푹!

"크아아악!"

"으아악!"

"크어억!"

마왕들이 기를 쓰고 피하려 했지만 결계를 벗어나지 못한 이상 플롱의 화살을 피하기란 불가능했다.

플롱이 공연히 절대용자가 된 것이 아니었다.

그녀의 손에 활이 들린 순간 일정 반경 이내의 적은 살아도 산목숨이 아니었으니까.

본래부터 상마왕들 중 몇 명을 제외하고는 그 활을 피해갈 수 있는 존재는 없었다.

그러나 지금은 차원괴류의 영향으로 결계 안에 있는 상마왕들 모두는 플롱의 사냥감에 불과했다. 하물며 그 아래 마왕들은 말할 것도 없었다.

파파팍! 팍팍팍—

투명해서 눈에 보이지도 않는 화살!

파공음조차도 없이 날아와 가슴에 박히는 순간에만 느낄 수 있었다.

"크윽! 이런 개 같은!"

"크아아악!"

상마왕 일곱 명, 그 이하 중마왕들도 전멸!

플롱은 굵직한 녀석들부터 끝장을 냈기에 이어지는 그녀의 화살은 각 마족 군단을 지휘하는 하급 마왕들을 향했다.

그런데 그사이 아슬아슬하게 살아서 차원괴류를 빠져나가는 이가 있었느니.

다름 아닌 나칸이었다.

그 와중에도 아이리스가 펼쳐 놓은 결계의 틈을 용케 찾아내 탈출을 시도한 것이다.

그러나 그는 상상도 못 했다.

플롱이 일부러 그를 죽이지 않았음을 말이다.

상마왕들도 한 방에 날려 버린 그녀의 화살이 유독 나칸만 피해 갔을 리가 없었다.

이는 아이리스와 스텔라 등의 부탁 때문이었다.

특히 스텔라는 바로 이날만을 기다려 왔다. 나칸을 반드시 그녀의 손으로 끝장내리라 다짐했으니까.

스윽.

막 차원괴류를 빠져나와 어딘가로 공간 이동을 시도하려

는 나칸의 앞에 스텔라가 번쩍 나타났다.

“어딜 가느냐, 나칸?”

“네, 네년은?”

나칸은 흠칫 놀라 뒷걸음질 쳤다. 믿을 수 없게도 스텔라가 단검을 슬쩍 휘두르자 나칸이 생성시킨 포탈 마법진이 그대로 흩어져 버렸다.

“나칸! 수많은 사람의 눈에서 피눈물이 나게 한 네놈을 이제야 죽일 수 있게 되었구나.”

나칸은 스텔라의 부모를 죽인 원수였다.

그러나 그것은 나칸이 저지른 수만 가지 악행 중 하나일 뿐.

더구나 나칸은 대마왕의 하수인이 되어 용자를 죽이는 만행까지 저질렀으니.

“각오해라!”

스텔라의 두 눈에서 살기가 번뜩였다. 나칸이 가소롭다는 듯 웃었다.

“스텔라! 네년 따위에게 죽을 만큼 난 호락호락한 존재가 아니다.”

곧바로 나칸의 양손에 어둠의 기운이 모여들더니 거대한 화염구체를 이루었다.

화르르르!

그러나 그가 그것을 미처 날리기도 전에 스텔라의 단검이 빛을 뿜었다.

서걱!

나칸의 두 손이 맥없이 잘려 바닥으로 떨어졌다.

"크윽! 이런!"

비록 중마왕의 능력을 가지게 됐지만 지금은 전투력이 대폭 하락해 하급 마왕 수준도 안 되는 터라 나칸은 스텔라의 상대가 되지 못했다.

이대로라면 꼼짝없이 죽고 말 것이다.

나칸은 다급히 외쳤다.

"자, 잠깐! 스텔라! 나는 널 내 딸처럼 키웠다. 지금도 마찬가지야. 너는 내 친딸이나 마찬가지란다. 허허허! 옛정을 생각해서 목숨만은 살려……."

친딸이라고? 부모님을 죽인 원수가 또 저런 가증스러운 말을 한다. 스텔라의 두 눈에 핏발이 맺혔다.

"닥치고 죽어! 이 악마야!"

스텔라의 단검이 나칸의 심장이 박혔다.

푸확!

"크으으으……."

심장은 나칸이 가진 힘의 근원! 중마왕으로서의 마기가 뭉쳐 있는 곳이었다.

그곳이 파괴되자 나칸의 몸이 이내 먼지처럼 부서지기 시작했다.

파스스스.

그는 분노와 고통, 회한이 가득한 표정으로 스텔라를 노려보더니 이내 완전한 먼지로 변해 흩어져 버렸다.

사르곤 제국의 대마법사였다가 대마계의 총군사까지!

파란만장했던 나칸의 인생은 이대로 끝이 난 것일까?

그사이 결계 안에 있던 대마계의 군단 중 마왕급은 모두 죽고 마족 정예군만 남았다.

"너희들의 로드들은 모두 죽었다. 항복하는 놈들은 살려주겠지만 저항하는 놈들은 죽는다."

탈락티스가 나타나 협박을 하자 마족들은 볼 것도 없다는 듯 투항했다.

"항복하겠습니다."

"충성을 바치겠습니다."

자신들의 로드를 죽인 강자에게 굴복하는 거야 강자존(强者存)의 법칙이 지배하는 대마계에서는 흔한 일.

그렇게 대마계의 정예 마족 군단은 로이스의 부하인 탈락티스의 휘하로 들어왔다.

"흥! 멍청한 것들 같으니!"

사피아스는 그렇게 대마계의 군단이 무력하게 무너지자

코웃음을 날렸다.

그러나 마왕들과 달리 그녀의 전투력은 차원괴류에 아무런 영향을 받지 않았다.

또한 그사이 그녀는 미스토스 결계마저 단숨에 뚫고 릴리아나의 꽃밭이 있는 결계까지 진입했다.

'제법이다만 어차피 결계의 수호 요정만 죽이면 이 전쟁의 승부는 결정 난다.'

스스스.

그 순간 그녀의 주변이 화려한 꽃밭으로 화했다.

상공에 무수한 꽃송이들이 난무하더니 백색 꽃의 요정이 모습을 드러냈다.

릴리아나였다.

평소와 달리 릴리아나의 표정은 얼음장처럼 차가웠다.

"사피아스! 당신이 그 사피아스로군요."

그러자 사피아스가 오연한 표정을 지었다.

"넌 누구지?"

"미스토스 군주 로이스 님의 수호 요정 릴리아나라고 해요. 그보다 당신은 어째서 사악한 대마왕을 도와 이곳을 공격하는 것이죠?"

"그게 뭐 어때서?"

"미스토스의 기운을 적지 않게 가진 당신은 본래 저와

같은 수호 요정이었을 게 분명해요. 용자 중에 타락한 용자가 있듯, 당신 또한 타락한 수호 요정이 된 것인가요?"

요정이라고 모두가 다 수호 요정의 삶을 사는 건 아니다.

그 또한 운명을 타고난 이에게만 주어지는 사명이니까.

릴리아나는 사피아스를 본 순간 단번에 그것을 알아봤다.

사피아스 또한 자신과 같은 수호 요정의 운명을 타고난 존재라는 것을.

그러자 사피아스가 차갑게 웃었다.

"그게 뭐 어쨌다는 거지? 난 그딴 운명에는 흥미가 없어. 용자건 마왕이건 누가 이 세계를 장악하든 그게 나와 무슨 상관이야? 어차피 이 무한의 세계를 떠돌다 사라지는 먼지에 불과한 것들일 뿐인데."

"그래서 마왕들과 어울렸나요?"

"고지식하고 융통성 없는 용자들보다는 그쪽이 더 흥미롭거든."

그 말에 릴리아나는 탄식했다.

"사피아스! 당신은 돌이킬 수 없는 선택을 했어요. 수호 요정의 운명을 포기한 것은 그건 당신의 선택일 뿐이니 내가 뭐라고 할 수 없지만, 마왕들과 어울려 용자들을 위태롭게 만든 건 결코 용서받을 수 없는 일이에요."

“그래서 네가 날 어찌할 수 있다는 거지?”

사피아스는 가소롭다는 듯 조소를 흘렸다. 릴리아나의 두 눈이 번쩍 빛났다.

“당신은 적어도 대마왕의 하수인이 되어 이곳을 공격하지는 말았어야 했다. 그렇지 않았다면 나와 같은 운명을 타고난 동료인 당신을 내 손으로 죽일 일은 없었을 거야.”

“날 죽이겠다? 호호호호! 너 따위가 감히! 그게 가능할 것 같으냐?”

사피아스의 두 눈이 요사하게 빛났다. 그녀의 오른손에 푸른빛의 검이 생겨났다.

콰아아아—!

그녀가 검을 슥 겨누는 순간 꽃밭의 공간이 지진이라도 난 듯 세차게 흔들렸다.

“네가 날 알아보았다면 내가 얼마나 강한 존재인지도 알고 있겠지?”

“충분히 알고 있어요. 하지만 당신은 날 이길 수 없답니다.”

그사이 릴리아나의 손에도 찬란한 백색 빛의 검이 생겨났다. 그리고 앞으로 슥 검을 겨누는 순간 사피아스의 안색이 딱딱하게 굳었다.

‘이, 이건 설마?’

그녀는 두 눈을 부릅떴다. 그녀의 기세 자체가 릴리아나의 작은 몸짓 한 번에 그대로 소멸되어 버렸기 때문이다.

"초월의 기운이라니! 설마 너의 주인이 초월자가 된 것인가?"

"이제야 그것을 깨달았나요?"

릴리아나가 고개를 끄덕이자 사피아스는 알 수 없는 묘한 미소를 흘렸다.

"대단하구나. 하지만 초월의 힘을 가졌다 해서 무적은 아니란다. 이기는 자가 무적인 것! 넌 절대 날 이길 수 없다."

"끝까지 기고만장하군요. 그러나 당신의 능력으로는 내게……."

그러던 릴리아나가 흠칫 놀란 표정으로 뒷걸음질 쳤다.

사피아스가 빼 든 하나의 물건 때문이었다.

"그건 설마?"

"훗, 이게 뭔지 알아본 것 같구나."

사피아스의 손에 있는 붉은 보석!

그것은 마치 태양처럼 강렬한 광채를 발산했다.

그리고 그 광채에 노출된 순간 릴리아나는 그대로 맥이 풀려 움직이지 못했다.

"수페르무스…… 꽃의 정화! 어떻게 그것을?"

무한 세계의 기이한 보물 중 하나.

수페르무스!

다른 이들에게는 아무 영향을 줄 수 없지만 릴리아나와 같은 요정들에게는 재앙과 같은 물건이었다.

"호호호! 내가 왜 꽃의 요정 중 최강이라 불리는지 아느냐? 바로 이것 때문이지. 이것을 통해 다른 꽃의 요정들의 힘을 모두 흡수했으니까. 너 또한 내게 너의 힘을 바치고 죽어라."

"안 돼!"

릴리아나는 힘없이 뒷걸음질 쳤다. 사피아스가 사악하게 웃었다.

"너무 걱정하지 마. 그냥 죽지는 않을 테니까. 인간의 수명으로 치면 대충 15년 정도는 살 수 있을 거야."

"설마 루비아나 님께도 이렇게 했던 건가요?"

릴리아나가 노려보며 물었다. 그러자 사피아스가 뜻밖이라는 듯 어깨를 으쓱했다.

"루비아나를 네가 어떻게 알고 있는지 모르겠구나. 뭐 그녀 또한 어리석게도 나에게 대항을 한 죄과를 치렀을 뿐이다."

"대항을 한 죄과?"

"건방지게 감히 내게 충고를 했거든. 이렇게 살지 말라고 말이야. 그래서 대가를 치르게 해 줬으니 지금쯤은 죽었겠지."

"역시 그랬군요."

릴리아나는 치를 떨었다. 그러나 그녀는 이내 금세 담담한 표정을 회복했다. 그리고는 사피아스를 노려봤다.

"어쨌든 당신은 앞으로 그렇게 살고 싶어도 살 수 없게 됐네요."

"무슨 뜻이지?"

릴리아나는 손가락을 들어 사피아스의 뒤쪽을 가리켰다. 무심코 고개를 돌려 그곳을 쳐다본 사피아스는 흠칫 놀랐다. 웬 소년이 그녀를 잡아먹을 듯 사납게 노려보고 있었기 때문이다.

"너, 너는 뭐냐?"

"사피아스! 그렇지 않아도 널 찾아 혼내 주려 했는데 이렇게 스스로 와 줘서 고맙다고 해야겠군."

"날 혼내려 했다고?"

"본래 죽일 생각까지는 없었어. 그냥 혼내 주려고 했을 뿐이었다. 엄마가 그 정도로만 말했으니까."

로이스의 두 눈이 차갑게 빛났다.

"하지만 지금 들어 보니 너 때문에 엄마가 죽은 거였군. 그 괴상한 돌멩이로 엄마의 힘을 다 빼앗아 갔다 이거지?"

"엄마? 누가 너의 엄마라는 거지?"

"루비아나! 그분이 날 아기 때부터 키워 줬으니까."

"뜻밖이네."

"닥치고 죽을 각오나 해라. 엄마를 죽인 것도 모자라 대마왕의 하수인이 되어 이곳을 공격한 이상 난 네가 아무리 꽃의 요정이라 해도 살려 줄 생각이 없어."

로이스가 성큼 다가왔다. 그러자 사피아스가 코웃음 쳤다.

"흥! 내가 그리 쉽게 당할 것 같으냐? 오늘은 이만 물러간다만 다음엔 반드시 너희들을 없애 버리겠다."

사피아스의 몸이 흐물흐물 그 자리에서 녹듯 사라지기 시작했다.

그러나 릴리아나가 슥 손을 휘젓자 사피아스의 몸이 본래대로 복구되더니 그대로 뒤로 밀려났다.

"으윽! 감히 네가 방해를?"

"사피아스! 당신은 이제 끝이랍니다."

릴리아나는 싸늘히 웃었다. 그사이 사피아스 앞에 다가온 로이스로부터 살기가 번뜩였다.

이대로라면 꼼짝없이 죽게 될 것임을 느낀 사피아스는 다급히 외쳤다.

"자, 잠깐! 이것을 줄 테니 날 살려 줘."

그러자 로이스가 코웃음 쳤다.

"그따위 돌멩이가 뭐라고 널 살려 달라는 거지?"

"수페르무스라는 것이다! 다른 이들에게는 필요 없지만 요정들이 가진 힘의 정화가 이 안에 있어. 이거라면 죽은 루비아나도 부활시킬 수 있단다."

"뭐라고?"

엄마 루비아나를 부활시킬 수 있다니! 로이스가 놀라자 사피아스는 회심의 미소를 지었다.

"그러나 네가 날 죽이면 이 신비한 힘을 가진 수페르무스는 그 즉시 박살이 나 사라질 것이다."

사피아스는 금세라도 수페르무스를 박살 낼 듯 손으로 움켜쥐었다.

로이스가 잠시 고심하다가 불쑥 물었다.

"정말 저 돌멩이로 엄마를 살릴 수 있어, 릴리아나?"

그러자 릴리아나가 고개를 끄덕였다.

"충분히 가능해요. 그것을 루비아나 님의 무덤에 묻으면 그분께서 부활할 수 있어요."

이럴 수가! 정말로 가능할 줄이야.

그렇다면 망설일 이유가 없다.

로이스는 즉시 고개를 끄덕였다.

"살려 줄 테니 그것을 이리 내라, 사피아스!"

"그럼 날 죽이지 않겠다고 네 신분과 이름을 걸고 맹세해."

"나 미스토스 군주 로이스의 이름을 걸고 맹세한다. 그것을 주면 나는 여기서 널 공격하지 않겠다."

어찌 사피아스의 목숨 따위와 엄마 루비아나의 목숨을 비교할 수 있을까?

루비아나를 살릴 수 있다면 사피아스는 얼마든지 살려줄 수 있었다.

그러자 사피아스가 수페르무스를 로이스에게 건네며 원독 어린 눈빛으로 노려봤다.

"미스토스 군주 로이스! 오늘 일은 결코 잊지 않을 것이다."

"어서 꺼져! 마음이 바뀌면 널 당장 공격할지도 몰라."

로이스가 험악하게 노려보자 사피아스는 흠칫 놀라더니 곧바로 어딘가로 이동하려 했다.

촤악—!

그런데 그때 그녀의 가슴에서 돌연 피가 솟구쳐 나왔다.

"으윽! 이건……."

릴리아나였다. 사피아스가 가려 하자 잽싸게 달려와 검으로 심장을 찔러 버린 것이다.

사피아스가 원독 어린 눈빛으로 로이스와 릴리아나를 노려봤다.

"어찌 맹세를 어긴 것이냐? 미스토스 군주의 이름을 걸고 한 맹세를?"

"천만에!"

릴리아나가 코웃음 쳤다.

"로이스 님은 맹세를 지키셨다. 이건 내가 한 일일 뿐이야. 난 당신을 살려 주겠다고 맹세한 적 없으니까."

"이런 비열한……."

사피아스는 어처구니없다는 듯 인상을 쓰더니 이내 푹 고꾸라졌다.

초마화 사피아스의 허망한 최후였다.

바로 그때 군주의 목걸이가 반짝였다.

[수호 요정 릴리아나가 강한 적을 해치웠습니다.]

[미스토스의 은총이 그에 대한 보상을 줍니다.]

[레벨이 올랐습니다.]

[당신의 레벨이 초월 3이 되었습니다.]

[당신의 전투력이 대폭 상승합니다.]

[당신의 최대 맷집과 최대 미흐가 대폭 증가합니다.]

이름 [로이스]

레벨 [초월 3]

칭호 [초월자]

신분 [미스토스 군주]

맷집 1940000/1940000(1200000+740000)

미흐 1940000/1940000(1200000+740000)

[미스토스 500000카퍼스를 얻었습니다.]

'어라? 레벨이 올랐네.'

로이스가 아닌 릴리아나가 처치했는데도 레벨이 상승한 것이다.

초월자인 지금은 한 단계씩 레벨이 오를 때마다 그 강해지는 정도가 상상을 초월한다.

지금이라면 불칸을 더욱 쉽게 이길 수 있을 것이다.

게다가 대량의 미스토스까지!

물론 미스토스야 당연한 일이다.

로이스의 부하들이 적들을 처치할 때마다 그 미스토스는 다 로이스에게 들어오기 때문이었다.

그때 릴리아나가 힐끔 로이스의 눈치를 봤다. 혹시라도 로이스의 기분이 언짢을까 싶어서였다.

"로이스 님, 죄송해요! 하지만 그녀는 너무 나쁜 짓을 많이 했어요. 살려 두면 또 어떤 사악한 음모를 꾸밀지 몰라서……."

사피아스는 수호 요정으로서 도저히 용서할 수 없는 악행을 저질렀다. 수많은 수호 요정들을 죽게 만든 죄과를 반드시 치르게 만들어야 했다.

그러자 로이스는 씩 웃었다.

"죄송하긴. 아주 잘했어. 네가 안 죽였으면 내가 죽이려고 했거든."

"네?"

"난 여기서만 그녀를 안 죽인다고 맹세했을 뿐이야. 이곳을 벗어나는 즉시 쫓아가서 죽일 생각이었어."

그러고 보니 로이스는 일부러 그렇게 맹세했던 것이다.

'나 미스토스 군주 로이스의 이름을 걸고 맹세한다. 그것을 주면 나는 여기서 널 공격하지 않겠다.'

릴리아나가 놀랐다. 단순하기 이를 데 없는 로이스에게 그런 치밀한 구석이 있었을 줄이야.

"대단해요. 로이스 님께서 그런 생각까지 하고 계실 줄은 몰랐어요."

"후후, 대마왕과 같은 사악한 놈들과 싸우다 보니 나도 잔꾀가 좀 늘었을 뿐이야. 비열한 녀석들에게는 나 역시 비열한 방법으로 상대해야 한다는 걸 깨달았어."

"맞아요. 그놈들을 상대할 때는 수단과 방법을 가리지 말아야 해요."

"그보다 네 덕분에 레벨도 올랐거든. 이럴 수도 있구나."

그러자 릴리아나도 좋아했다.

"저는 로이스 님과 미스토스의 계약을 맺은 수호 요정이니까요. 제가 적을 처치하면 로이스 님이 강해지죠. 하지만 오늘 같은 일은 아주 특별한 상황이에요."

"맞아. 네가 섣불리 적과 싸우다 패하기라도 하면 곤란하잖아. 다음부터는 절대 직접 나서서 싸우지 마."

"네. 염려 마세요."

사피아스가 공격해 오지 않았다면 릴리아나는 절대 직접 나서지 않고 결계를 통한 방어만 집중했을 것이다.

사피아스가 미스토스 결계를 뚫고 들어올 수 있었던 것도 모두 릴리아나가 허락했기 때문에 가능한 일.

그만큼 사피아스에 대한 릴리아나의 적개심이 컸던 것이었다.

"참, 불칸은 어찌 되었죠?"

"아쉽게도 놓쳤어. 나한테 맞으면서도 계속 시간을 끌며 버티던 녀석이 상마왕들이 죽은 걸 알게 되자 도망치기 시작했거든. 한창 추격 중이었는데 네가 살려 달라고 해서 어쩔 수 없이 이곳으로 온 거야."

만약 계속 추격했으면 불칸을 끝장낼 수도 있었을 것이다.

문제는 그랬다간 릴리아나가 당했을 거라는 것.

—흑! 로이스 님! 저 지금 죽게 생겼어요! 어서 와서 살려 주세요!

릴리아나는 사피아스에게 말로 시간을 끌면서 한편으로 로이스에게 구조 요청을 했던 것이다.

그 순간 로이스는 불칸을 쫓다 말고 즉각 귀환할 수밖에 없었다.

"죄송해요, 저 때문에 다 잡은 불칸을 놓쳤군요."

릴리아나가 풀이 잔뜩 죽은 표정으로 말했다. 로이스는 씩 웃었다.

"아니야. 나에겐 불칸을 죽이는 것보다 널 살리는 게 더 중요해."

"정말인가요?"

"물론이야. 내겐 그만큼 네가 소중하거든."

그러자 릴리아나는 언제 풀이 죽었냐는 듯 금세 환한 미소를 지었다.

"역시 그렇죠? 하긴 저 같은 수호 요정을 어디 가서 또 만날 수 있겠어요? 호호호호!"

의기양양한 표정으로 웃는 릴리아나를 보며 로이스는 왠지 어처구니가 없었지만 이내 동조해 주었다.

"하하, 그건 맞아. 넌 최고의 수호 요정이야."

"고마워요. 앞으로 더욱 열심히 하겠어요."

하긴 릴리아나에게는 이 모습이 잘 어울렸다. 풀 죽어 있는 것보다 훨씬 나았다.

*　　*　　*

그 시간 대마계의 한 짙은 어둠 속.

붉은 비늘 갑옷을 입은 은발의 마왕이 두 눈에서 섬뜩한 광망을 뿜어내며 이를 갈고 있었다.

물론 그는 불칸이었다.

"로이스! 네놈이 기어코 사피아스까지!"

이로써 불칸은 모든 부하들을 잃었다. 심지어 그의 강력한 아군이었던 초마화 사피아스까지 죽고 말았다.

그러나 그의 기세는 조금도 수그러들지 않았다.

"내가 건재한 이상 달라진 것은 없어. 사라진 것들은 모두 복구하면 그뿐이다. 그렇지 않으냐?"

그는 앞에서 공손히 시립해 있는 한 명의 사내를 쳐다봤다.

사내가 대답했다.

"그렇사옵니다, 로드. 저 또한 미스토스의 힘이 아직 충분한 터라 얼마든지 재기가 가능하옵니다. 로드께서 다시 대마계의 모든 것을 취하실 수 있도록 신명을 다해 돕겠습니다."

Chapter 12
체란산의 마화

"그래야지. 내가 죽을 상황에 처하면서도 네놈의 목숨만은 살린 이유가 바로 그것이니라, 제라칸."

불칸은 의미심장하게 웃었다.

타락한 용자 제라칸을 살려 둔 것은 미스토스의 힘을 활용하기 위한 것!

불칸은 제라칸을 강력한 암흑 결계에 숨겨 두어 보호한 것이었다.

"이제 너는 내가 지정한 장소에 용자의 성을 세워야 한다."

"그곳이 어디입니까?"

"샤론 대륙에 존재하는 고대 용자의 성터 중 한 곳이지."

제라칸이 반색했다.

"고대 용자의 성터라면 용자의 성을 세우기 적합한 곳입니다. 미스토스의 소모를 줄여 주어 방어를 하기에 용이하기 때문이지요. 발견하기가 쉽지 않은 곳인데 어찌 아셨는지요?"

그러자 불칸이 묘하게 웃었다.

"내 손에 죽은 용자가 얼마인지 나도 모를 정도다. 그래도 그놈들의 성을 무너뜨린 후 좌표는 다 기억해 두었지. 지금까지도 버려진 채 수풀만 무성한 곳들만 수백 곳이 넘으니 그중의 한 곳을 선택한 것뿐이야."

"그렇군요. 어서 그곳으로 저를 보내 주십시오."

"나 또한 같이 갈 것이다."

곧바로 불칸과 제라칸은 대마계를 빠져나가 샤론 대륙의 한 외진 숲으로 이동했다.

그곳엔 자세히 보지 않으면 찾을 수 없는 폐허가 존재했다.

불칸이 말했다.

"이곳이다. 용자의 성을 짓되 눈에 띄지 않도록 작게 지어라."

그러자 제라칸이 고개를 갸웃했다.

"그렇게 하면 방어를 하기 쉽지 않습니다만."

"크게 한다고 달라질 것 있겠느냐? 지금은 네가 노출되지 않는 것이 중요해. 초급 용자인 것처럼 조용히 지내면 수십 년이 흘러도 절대용자들이나 로이스는 이곳에 용자의 성이 있는지 꿈에도 모를 것이다."

"하오면 숨어 지낼 생각이십니까?"

"대마왕좌를 복원하는 데 십 년 정도의 시간이 필요하다. 또한 다시 십 년의 시간이 흐르면 죽은 상마왕들과 중마왕들을 모두 부활시킬 수 있지. 내가 대마계에 있으면 어떤 식으로든 그놈들이 날 찾아내겠지만, 이곳이라면 그놈들이 절대 찾지 못할 것이다."

마왕 특유의 마기를 완전히 감추는 것은 불칸으로서도 쉽지 않았다.

그러다 보니 어디에 숨어 있든 절대용자들은 집요하게 불칸의 흔적을 추적할 것이다.

심지어 대마계조차 안전하지 않았다.

믿을 수 없게도 이미 대마계의 많은 권역들이 로이스에게 접수되었고, 지금 이 순간에도 계속해서 그 영역이 늘어나고 있기 때문이었다.

한때는 가장 안전한 안식처였던 대마계가 오히려 위험한 장소가 되고 말았으니 그로서는 한탄스러운 일이었다.

그러나 여기는 대마계가 아닌 샤론 대륙의 외진 곳.

이런 데 숨어 있으면 외부에서 불칸의 흔적을 찾기란 매우 어렵게 된다.

특히나 미스토스 결계 안에 있으면 흔적을 완벽하게 감출 수 있었다.

설마 대마왕이 용자의 미스토스 결계 안에 숨어 있을 줄 어찌 상상이나 하겠는가.

그러자 제라칸이 회심의 미소를 지었다.

"흐흐, 그렇다면 더욱 안전한 방법이 있지요. 용자의 성이 아니라 작은 집을 지어 둔 후 최소한의 미스토스 결계만 펼쳐 두면 용자들은 물론이고 미스토스 용병계에서도 이곳을 찾아내는 건 불가능합니다. 아무리 작은 규모라 해도 성채를 짓게 되면 결국은 미스토스 용병계에서 발견하게 되기 때문입니다."

그 말에 불칸도 반색했다.

"그럼 어서 작은 집을 지어라."

"예, 로드."

곧바로 제라칸은 총사 에디라스를 부활시켰다. 에디라스는 웅크려 앉은 채로 부활했다가 움찔 놀라더니 이내 벌떡 일어났다.

"면목 없습니다. 아페론 성이 또 무너지고 말았습니다."

"절대용자들이 몰려왔으니 어쩔 수 없는 일. 우린 한동안 이곳에서 숨어 로드의 재기를 도와야 하네."

제라칸이 현재 상황을 설명하자 에디라스는 무슨 뜻인지 알았다는 듯 고개를 끄덕였다.

그는 즉시 허름한 울타리로 둘러쳐진 작은 집 한 채를 지었다.

"되었습니다. 들어가시죠."

불칸은 울타리 안으로 들어갔다. 텅 빈 마당 한쪽엔 작은 우물과 텃밭 하나.

그리고 허름한 집 한 채.

불칸은 인상을 구겼다. 명색이 대마계 대마왕인 그가 이런 다 쓰러져 가는 집에서 지내야 한다는 건가?

"아무리 그래도 이건 좀 너무한 것 아니냐?"

그러자 에디라스가 머리를 긁적였다.

"좋은 시설이야 얼마든지 만들 수 있지만 그리되면 미스토스 용병계의 이목을 끌게 됩니다. 지금 이 상태라면 절대 발각되지 않을 겁니다."

"그렇다면 어쩔 수 없지."

집의 방은 두 칸뿐이었다.

한 칸은 불칸이 사용하고 나머지 한 칸은 제라칸과 에디라스가 같이 써야 했다.

아니, 한 명이 더 써야 할 것이다.

다른 이들은 몰라도 꼭 부활시켜야 할 존재!

총사 에디라스는 제라칸의 명령에 의해 즉각 나칸을 부활시켰다.

"으음? 여, 여기는?"

나칸은 무력한 모습이었다. 미스토스로 부활했지만 중마왕으로서의 능력은 사라졌기 때문이다.

그 힘을 다시 되찾으려면 불칸이 대마왕좌를 복원해 마력을 불어넣어 줘야 하는 터라 당분간은 불가능한 일이었다.

"이제부터 나는 대마왕좌를 복원하고 있을 테니 너희들은 이곳을 굳게 지켜라. 내가 모든 힘을 되찾는 날 너희들의 공로를 잊지 않겠다. 특히 나칸! 네놈은 로이스 놈에게 절대 패배하지 않는 작전을 세워 둬야 할 것이다."

"예, 로드."

제라칸 등이 허리를 숙이자 불칸은 고개를 끄덕이고는 방 안으로 들어갔다.

제라칸은 나직이 한숨을 토했다.

'빌어먹을! 내 신세가 어쩌다 이리되었나.'

거대하고 화려했던 아페론 성은 어디로 간 건가?

또한 수많은 거점 성들은?

대마왕 불칸과 손을 잡았을 때는 그의 힘을 빌려 무수한 거점을 세울 수 있을 거라 생각했다.

그런데 상황은 갈수록 악화되고 있었다.

'설마 그 로이스 놈에게 불칸이 밀릴 줄은 상상도 못 했다. 과연 불칸이 대마왕좌를 복원한다고 해서 그놈을 이길 수 있을까?'

불칸 앞에서는 내색을 안 했지만 왠지 미래가 불안했다.

그러나 그로서는 불칸을 의지하는 것 외에는 다른 방법이 없었다. 나칸과 에디라스도 침통한 표정으로 한숨만 내쉬고 있을 뿐이었다.

*　　*　　*

한편 그 시간 미스토스 용병계 군주의 전당.

로이스는 군주들을 소집한 터였다. 루나가 환한 미소를 지으며 말했다.

"로이스 님! 대승을 거두셨다는 소식을 들었어요."

"쿠하핫! 불칸이 로이스 님에게 밀려 도주했다는 소식도 들었습니다."

"정말 대단하십니다!"

군주들의 표정은 잔뜩 상기되어 있었다.

사실상 대마계와의 전쟁에서 승리한 것이나 다름없기 때문이다.

그러나 로이스는 고개를 흔들었다.

"아직 전쟁은 끝나지 않았어. 불칸이 살아 있는 한 언제 어떤 일이 벌어질지 모르거든."

루나가 고개를 끄덕였다.

"그건 그렇죠. 그런데 그놈이 대체 어디로 달아났을까요?"

"쉽게 찾기 힘든 곳에 있을 거야. 이제부터 그대들은 미스토스 용병계의 모든 용병들을 동원해 그놈의 흔적을 찾아봐."

"네, 로이스 님."

절대군주 로이스의 명령이었다. 그 순간부터 용병계의 수많은 용병들이 불칸의 흔적을 발견하기 위해 샤론 대륙 곳곳을 누비기 시작했다.

계속해서 로이스는 마계에 있는 탈락티스를 찾아갔다.

"로드! 오셨습니까?"

"마궁들에 있는 마족과 마물들을 모두 움직여서 불칸이 있는 곳을 찾아."

"이미 그러고 있습니다. 또한 하급 마왕들도 다수가 괴멸된 상태라 현재 대마계의 방대한 권역들은 로드의 영역으로 계속 편입되고 있습니다. 이대로라면 머지않아 대마계 전체가 로드의 권역이 될 것입니다."

로이스는 미소 지었다.

역시나 탈락티스는 매우 유능한 부하였다.

알아서 척척 잘하고 있는 부하 말이다.

"좋아! 계속해서 불칸을 찾아. 지금은 그게 가장 중요한 일이니까."

"예, 로드! 대마계가 로드의 영향권 안으로 들어오고 있으니 불칸이 어디에 숨어도 결국은 발각될 수밖에 없습니다."

"그렇다면 다행이군."

"그보다 로드! 한 가지 보고드릴 사항이 있습니다."

"뭔데? 중요한 일이야?"

별거 아니면 알아서 하라고 말하려는 찰나 일단의 무리가 탈락티스의 뒤쪽에 나타났다.

"로드시다! 어서 예의를 갖춰라!"

탈락티스의 말에 그들은 움찔 놀라더니 넙죽 엎드렸다.

"로드를 알현하옵니다!"

"미천한 종들이 로드를 뵈옵니다!"

그러자 로이스가 어깨를 으쓱했다.

"이 녀석들은 뭐냐?"

“마력석의 씨앗에서 나온 신출내기 마왕들이지요. 이 녀석들은 처음부터 로드의 권속으로 태어난 것이라 그 무슨 상황이 벌어져도 절대 충성할 것입니다.”

“오! 그래?”

일곱 명의 신출내기 마왕들.

그러고 보니 예전에 마궁들에게 마력석들을 나눠 주고 그것들을 심으라고 명령한 적이 있다.

그 후로 관심도 두지 않았는데 그사이 씨앗이 자라서 수많은 마족들이 태어나고, 마왕도 무려 일곱 명이나 태어난 것이다.

“이 녀석들이 아직은 좀 어설프지만 앞으로 계속 강해질 거니 쓸모가 많을 겁니다. 사실 란델이 도와주고는 있지만 둘이서 그 많은 마궁 휘하 마족과 마물들을 총괄하는 데 어려움이 많았지요.”

“잘됐군. 앞으로도 마력석을 얻으면 열심히 심고 수확하도록 해.”

“예, 로드.”

마왕으로 태어났지만 로이스의 부하가 된 이상 기존의 마왕들처럼 사악한 짓을 할 수는 없다.

강력한 능력을 가진 마왕으로서 로이스에게 충성을 바칠 운명일 뿐.

언젠가 있을 또 다른 대마계와의 전쟁에 대비해 아주 든든한 병력이라 할 수 있었다.

'릴리아나는 대마계가 또 있다고 했어.'

에후드 아마나라는 거대한 세계로 확장하면 샤론 대륙과 사파룬 대륙은 하나의 점에 불과할 뿐.

수많은 무한의 대륙만큼이나 대마계도 많이 존재한다고 했다.

따라서 로이스는 가능한 많은 대마계를 점령해 나갈 생각이었다.

그만큼 세상은 평화로워질 테니까.

"그럼 수고해라, 탈락티스."

"예, 살펴 가십시오, 로드."

곧바로 로이스는 마계를 떠나 절대용자 라피스의 라주리성으로 이동했다.

"여긴 별일 없나?"

"오! 미스토스 절대군주 로이스! 그대가 올 줄 알았다."

라피스는 로이스를 보자 반색했다. 로카니아도 환한 미소를 지으며 반겼다.

"루비아나 성에서 상마왕들과 중마왕들을 일망타진했다는 소식을 들었어요. 더구나 죽었던 절대용자 플롱을 부활시켜 주셨다는 기적적인 소식도요."

로이스는 미소 지었다. 지금 플롱은 모리브도스 성을 재건했고 죽은 부하들도 모두 부활시킨 터였다.

"플롱의 활약이 컸어. 그녀가 아니었으면 상마왕과 중마왕들을 다 죽이긴 힘들었을 거야."

그러자 라피스가 물었다.

"그런데 대체 어떻게 플롱을 부활시킨 것인가?"

"그녀에게 미스토스 군주의 인장을 펼쳐 두었지."

순간 라피스와 로카니아의 두 눈이 휘둥그레 커졌다.

"미스토스 군주의 인장? 전설로만 듣던 바로 그 능력을 그대가 얻은 건가?"

"오! 이건 정말 대단한 일이군요."

심지어 전설적인 미스토스 군주였던 레카온에게도 그 같은 능력은 없었다고 알고 있는 터였다.

그만큼 미스토스 군주가 용자를 부활시키는 것은 그야말로 꿈의 영역이라 할 만큼 신비한 능력이었다.

"역시 난 그대를 처음 봤을 때부터 범상치 않다고 생각했네. 미스토스 용병계뿐 아니라 우리 용자들 사이에서도 그대는 전무후무한 존재로 기억될 거야."

"맞아요. 절대용자 플롱 님을 부활시킨 일은 대마왕을 처치한 것 못지않게 엄청난 일이죠."

그러자 로이스는 만면에 미소를 지었다. 이런 분위기 아주 좋다.

"후후, 뭐 그렇게 대단한 능력은 아니야."

라피스가 곧바로 물었다.

"그럼 절대용자 자드는 왜 부활시키지 않나?"

"가능했으면 벌써 했겠지."

"부활이 무조건 가능한 건 아닌가 보군."

"맞아. 그러니 그대 또한 혹시라도 내가 부활시켜 줄 거라 믿고 죽거나 하지 마라."

"알았네. 그런 일은 없을 거야."

라피스는 걱정 말라는 듯 씩 웃었다.

그러나 사실 로이스는 라피스에게 이미 인장을 펼쳐 둔 터라 그가 죽으면 무조건 살릴 수 있었다.

미스토스야 남아도니 못 살릴 이유가 없는 것이다.

그런데도 사실을 말하지 않은 이유는 라피스가 그것을 모르는 게 낫기 때문이다.

그래야 스스로 죽지 않기 위해서라도 더욱 강해지려고 노력할 테니까.

로이스가 말했다.

"라피스! 이제 아는 용자들을 총동원해서 불칸의 흔적을 찾아봐라. 대마계는 물론이고 샤론 대륙을 뒤지고 있지만 쉽지 않아."

"그야 물론이다. 불칸을 죽이지 않으면 그는 머지않아 본래의 전력을 회복해서 우릴 침공할 것이 분명해. 반드시 찾아 없애야 한다."

라피스는 다른 절대용자들은 물론 그들이 알고 있는 많은 용자들에게 협조 요청을 할 것이라 했다.

그렇게 모두에게 불칸의 행방을 찾게 한 로이스는 아공간에서 하나의 돌을 빼 들었다.

신비로운 붉은빛의 돌.

사피아스가 갖고 있던 꽃의 정화라는 수페르무스였다.

'이걸로 엄마를 부활시킬 수 있다 이거지?'

로이스의 가슴이 뛰었다.

정말로 살아날 수 있을까?

솔직히 잘 믿기지 않았다.

잠깐이어도 좋을 것이다.

한 번이라도 그 따스한 미소를 또 볼 수 있다면.

로이스의 눈이 빛났다.

불칸을 찾으려면 시간이 걸릴 테니 이참에 체란산에 가볼 생각이었다.

엄마 루비아나의 무덤이 있는 곳으로.

그런데 그때.

릴리아나가 다급히 연락을 해왔다.

—로이스 님! 불칸의 행방을 찾았어요!

이에 반색한 로이스는 즉각 릴리아나의 꽃밭으로 귀환했다.

'불칸부터 처치하고 갈게요, 엄마.'

대마왕이 사라진 평화로운 세상에서 부활하는 것이 루비아나에게도 좋을 것이다.

"어디야, 릴리아나? 그놈이 있는 곳이?"

로이스가 나타나자 릴리아나가 미소 지었다.

"바로 오셨군요. 저기 포탈을 통해 이동하시면 불칸이 있는 근처로 갈 수 있어요."

벌써 포탈까지 만들어 두다니! 그럼 이제 불칸은 끝난 거나 마찬가지다.

"대체 그놈의 위치를 어떻게 찾은 거야?"

"프리뭄을 족쳐…… 아니, 그냥 서로 진지한 대화를 좀 했죠."

릴리아나는 천사같이 환한 미소를 지었다.

"뭐 그랬겠지."

로이스는 릴리아나가 프리뭄과 아주 진지한(?) 대화를 나누었음을 짐작할 수 있었다.

물론 보통 알고 있는 대화와는 다른 종류의 대화겠지만.

로이스는 문득 처음 몽환 결계에 침투했던 프리뭄이 릴리아나에게 죽도록 맞고 있던 장면이 떠올랐다.

저 천사처럼 맑게만 보이는 꽃의 요정에게 그런 우악스러운 면이 있다는 사실을 다른 이들은 짐작하지 못할 것이다.

"어쨌든 아주 잘했어. 역시 넌 매우 유능한 수호 요정이야."

"호호, 고마워요. 수호 요정으로서 이 정도는 당연히 해야 할 일이죠."

"앞으로도 계속 그렇게 해."

"네."

로이스의 칭찬에 릴리아나는 만면에 미소를 지으며 좋아했다.

몽환 결계에 갇혀 있는 프리뭄의 몽체.

현재 그녀가 가진 유일한 능력은 이전에 몽인을 새겨 둔 자의 생각을 훔쳐보는 일이었다.

비록 노예 신세지만 한편으로 그것을 통해 세상을 훤히 꿰뚫어 보고 있었던 것이다.

몽체로 영원히 잡아 두었으니 망정이지 만약 프리뭄이 불칸의 옆에 있었다면 꽤나 골치 아팠으리라.

"근데 설마 프리뭄이 불칸의 몸에도 몽인을 새겨 뒀던 거야?"

"그건 불가능한 일이죠. 그랬다간 프리뭄은 진작 불칸에게 죽었을 거예요."

"그럼 어떻게 알아냈어?"

"제라칸의 몸에 몽인이 있었다네요. 지금 불칸은 제라칸과 함께 있어요."

"제라칸이 죽은 줄 알았는데 살아 있었군."

"우리에게는 잘된 일이고 불칸에게는 불행한 일이죠. 차라리 혼자 숨어 있었다면 찾기 힘들었을 텐데 나름 머리를 굴린다고 미스토스 결계 속에 숨어 있으려 한 것이 그의 실책이었어요."

불칸이 살아남으려고 별 잔머리를 다 굴렸지만 결국 제 꾀에 넘어가고 만 것이다.

그때 아이리스와 스텔라 등이 눈을 빛냈다.

"그럼 지금 나칸도 다시 살아났겠군요."

그녀들에게는 불칸보다 나칸이 더 악랄한 원수였으니 그의 부활에 민감한 건 당연했다.

릴리아나는 고개를 끄덕였다.

"나칸도 살아났죠."

그녀는 현재 그곳이 어떤 상황인지 프리뭄에게 들은 대

로 말해 주었다.

작은 울타리를 가진 최하급 용자의 집.

미스토스 결계도 미약하게 펼쳐진 터라 절대용자들이 근처를 지나가도 그곳을 발견하기 어려울 정도였다.

아이리스가 싸늘히 웃었다.

"그 상태라면 초마력대공간진을 펼칠 필요도 없이 즉각 미스토스 결계를 해제하고 공격할 수 있겠군요."

스텔라가 주먹을 말아 쥐었다.

"로드! 나칸은 제가 다시 죽이겠어요."

로이스는 고개를 흔들었다.

"나칸은 이미 죽은 거나 마찬가지니 신경 쓰지 마. 지금은 그냥 영혼 없이 다시 살아난 언데드나 다름없어. 내가 가서 처리하고 올 테니 모두 여기 있도록 해."

불칸은 최후의 발악을 할 것이다.

그때 옆에 누군가 있으면 그들을 보호하느라 로이스가 전력을 다할 수가 없다.

"부디 조심하세요, 로드!"

"불칸은 교활한 놈이니 조심하세요, 로드!"

"무사 귀환을 바라겠습니다, 로드!"

로이스가 강한 건 알지만 그래도 대마왕과 최후의 결전을 치르러 간다하니 모두들 걱정스러운 기색이었다.

"갔다 와서 생선 구워 줄 테니 기다려."

로이스는 마치 산책을 나가는 듯 느긋한 표정으로 손을 흔들고는 포탈로 진입했다.

*　　*　　*

불칸은 눈을 감고 마력을 모으는 중이었다.

그의 표정은 차갑게 굳어 있었다.

'탈락티스! 그놈이 날 배신했다니!'

이곳에 있으면서 힐끗 대마계의 동정을 살폈다가 알게 된 사실.

탈락티스가 로이스의 부하가 되어 대마계의 권역들을 끝없이 접수하고 있다는 것이었다.

그로 인해 불칸은 더더욱 대마계로 돌아갈 길이 멀어졌다.

'두고 보자, 탈락티스! 내가 다시 활동을 개시하면 가장 먼저 네놈부터 없애 주마.'

불칸의 두 눈에서 붉은 광망이 번쩍였다.

'대마왕좌! 일단 그것만 복원하면 내 부하들을 다 부활시킬 수 있지.'

대마계에서라면 이곳보다 마력을 모으기가 쉽지만, 로이스에게 발각될 우려가 있는 터라 어쩔 수 없는 일.

'내가 없는 사이 마음껏 잔치를 벌여라, 로이스. 이십 년 후에 네놈의 모든 걸 파괴해 줄 테니까. 즐겁게 웃었던 그 표정이 절망으로 변하고 맑게 빛나던 두 눈에서는 피눈물이 흘러내릴 것이니라. 가장 처참한 고통을 느끼게 하며 너와 너의 부하들을 죽여 주마.'

로이스를 저주하며 가장 잔인한 복수를 하겠다는 독기!

그것만이 이 초라한 집의 방에 웅크리고 앉아 마력을 모으고 있는 불칸이 버틸 수 있는 유일한 힘이라 할 수 있었다.

그런데 그때 불칸은 뭔가 이상함을 느꼈다.

"……!?"

마력을 모아 대마왕좌를 복원하는 데 모든 능력을 쏟아붓기 위해 방 안에 결계를 펼쳐 둔 터라 외부와는 완전히 차단된 상태.

그래도 방의 외부에서 뭔가 위협적인 상황이 발생하면 그것을 눈치채지 못할 불칸이 아니었다.

'뭔가 이상하군.'

갑자기 집 주위의 기운이 이질적으로 변해 버렸다.

"제라칸! 거기 있느냐?"

그러나 묵묵부답이었다. 본래라면 총사 에디라스라도 후다닥 뛰어와야 정상인 것이다.

곧바로 불칸은 대마왕좌를 복원하는 걸 중지하고 밖으로 나갔다.

울타리도 멀쩡하고 집도 멀쩡했다.

다만 미스토스 결계만 사라지고 없었다.

또한 제라칸과 나칸, 에디라스의 모습도 보이지 않았다.

'설마 이놈들이 날 두고 도망을 친 것인가?'

불칸의 얼굴이 일그러질 찰나 지붕 위에서 누군가 말했다.

"제라칸 등을 찾는 거라면 소용없는 짓이다. 나중에 또 부활하지 못하게 단번에 죽여 버렸으니까. 용자도 총사도 사라졌으니 이제 그들은 영원히 사라진 거지."

"……!"

순간 불칸이 흠칫 놀랐다. 이렇게 가까이 있는데도 눈치를 챌 수 없을 만큼 강한 녀석이라면 세상에 단 한 명뿐이다.

곧바로 고개를 돌려 지붕 위를 바라본 불칸의 인상이 일그러졌다.

"역시 네놈이었느냐? 우라질! 정말 지긋지긋한 놈이군. 여기는 또 어떻게 찾았느냐?"

"나도 지겹구나, 불칸. 이제 그만 끝내자. 넌 이제 도망칠 데도 없어."

"이 애송이 놈! 네놈을 여기서 죽이고 나의 빼앗긴 모든 걸 다시 찾겠다."

불칸 역시 더 이상 피할 수 없다는 걸 알았는지 곧바로 초월암흑검을 빼 들고 달려들었다.

팟! 파앗—

사방 공간이 산산이 조각나 흩어졌다. 그 여파에 로이스의 몸에도 슬쩍 상처가 생겨났지만 이전에 비하면 미미한 수준이었다.

그사이 초월자로서의 레벨이 상승한 것 때문이리라.

불칸 또한 그에 놀랐는지 인상을 다시 구겼다.

"이 괴물 같은 놈! 그사이 또 강해진 거냐?"

대마왕에게 괴물 소리를 듣다니 뭔가 좀 기분이 묘했다. 로이스는 싸늘히 웃으며 고개를 끄덕였다.

"널 죽이면 더 강해지겠지."

"크! 과연 그럴까? 절대 네 뜻대로는 안 될 것이다. 내가 죽는다면 네놈 역시 죽게 될 테니까."

불칸이 묘한 미소를 흘렸다. 로이스는 불칸의 그 눈빛이 왠지 심상치 않다 생각했다.

'저놈에게 최후의 뭔가가 남아 있는가 보네.'

쓸데없는 수작을 부리기 전에 최대한 빨리 해치워 버려야 할 것이다.

"크하하하하핫! 뒈져랏!"

그사이 불칸이 윙 블레이드를 미친 듯이 날리며 로이스를 공격했다.

번쩍! 번쩍—

지난번까지만 해도 이 공격을 받으면 로이스는 적지 않은 부상을 입었다. 그러나 지금은 대부분의 공격을 피해 버렸을 뿐 아니라 상처도 미미했다.

[맷집 1915693/1940000]

게다가 그렇게 하락한 맷집도 용자 라피스의 축복 인장 효력으로 인해 즉시 회복되었다.

반면에 로이스의 주먹이 한 번씩 번쩍일 때마다 불칸의 신체는 처참한 상태로 변했다.

물론 불칸이 가진 방대한 마력을 통해 망가진 신체가 끝없이 복구되고는 있지만 그 속도가 조금씩 더뎌졌다.

그리고 어느 순간 불칸은 그조차도 쉽지 않은지 한 팔이 사라진 그대로 숨을 몰아쉬었다. 팔 하나도 복구하기 힘들 만큼 마력이 소진되어 버린 것이다.

"크으윽! 제기랄! 내가 이 꼴이 되다니!"

"그만 포기해라. 넌 이제 끝이다, 불칸."

이대로라면 매우 싱거운 승부가 되고 말리라.

그런데 그때였다. 불칸이 돌연 의미심장한 미소를 짓더니 말했다.

"끝이라고? 인정하기는 싫지만 확실히 그런 것 같구나. 하지만 나 혼자서 끝낼 수는 없지. 네놈도 함께 사라져 줘야겠다."

"그 꼴을 하고도 그런 말이 나오냐?"

불칸의 두 눈에서 핏빛의 섬광이 뿜어져 나왔다.

"물론이다, 로이스! 나의 소멸과 함께 네놈 또한 이 차원계에서 먼지가 되어 영원히 사라지게 되리라."

그 말이 끝나는 순간 불칸의 몸이 붉게 타오르기 시작했다.

절망의 붕멸(崩滅)……!

불칸이 생명력까지 모두 소진해 펼치는 최후의 자폭기였다.

그 자신뿐 아니라 모든 걸 소멸시켜 버리는 끔찍한 위력!

화르르르르르!

불칸의 신체가 검붉은 마기의 화염구로 변했다.

번쩍!

그리고 그것이 그대로 로이스를 향해 폭사했다.

피할 틈도 없이 순간 이동의 속도로 날아든 불칸의 신체는 그대로 폭발했다.

콰아아아아아앙!

사방의 공간이 뭉개졌다. 근처에 있던 모든 것이 소멸되었다.

숲과 강, 그 밑을 떠받치고 있던 대지까지도.

아무것도 없는 무(無)의 공간이 되어 버렸다.

그러나 그렇게 완전히 붕괴되었던 공간은 일순 다시 본래로 돌아오기 시작했다.

스스스.

그리고 상공에 로이스가 멀쩡한 모습으로 나타났다.

불칸의 몸이 화염으로 뒤덮인 순간 재빨리 광휘의 막을 펼친 덕분이었다.

'드디어 끝난 건가. 정말 끔찍한 놈이었다.'

죽어도 혼자는 못 죽겠다며 마지막까지 그런 발악을 할 줄이야.

대마왕다운 최후이긴 했다.

[미스토스의 은총이 당신의 노력에 대한 보상을 줍니다.]

[레벨이 올랐습니다.]

[레벨이 올랐습니다.]

[레벨이 올랐습니다.]

[레벨이 올랐습니다.]

[레벨이 올랐습니다.]

[당신의 레벨이 초월 8이 되었습니다.]

[당신의 전투력이 대폭 상승합니다.]

[당신의 최대 맷집과 최대 미흐가 대폭 증가합니다.]

이름 [로이스]

레벨 [초월 8]

칭호 [초월자]

신분 [미스토스 군주]

맷집 2440000/2440000(1700000+740000)

미흐 2440000/2440000(1700000+740000)

[미스토스 10000000카퍼스를 얻었습니다.]

[칭호 대마왕 학살자(초월)를 얻었습니다.]

"덕분에 또 강해졌구나."

레벨이 5단계나 상승했고, 초월 등급의 새로운 칭호도 얻었다.

전투력이 얼마나 올랐는지 스스로도 체감이 안 될 정도였다.

미스토스는 무려 1천만 카퍼스!

그뿐이 아니다.

[당신의 맨손 전투 전술이 초월 5단계가 되었습니다.]

[전쟁신의 투지가 초월 5단계가 되었습니다.]

[대마왕의 날개(초월)를 얻었습니다.]

[초월암흑검(초월)을 얻었습니다.]

[초월마린갑(초월)을 얻었습니다.]

……

부서져 사라진 줄 알았던 불칸의 날개와 장비들이 고스란히 로이스의 아공간에 들어와 있었으니.

모두 초월 등급이었다.

불칸이 수만 가지 악행을 저질렀지만 한 가지 좋은 일을 한 것이 있다면 바로 이것이리라.

아주 쓸 만한 장비를 남겨 줬다는 것!

'고맙게 잘 쓰겠다, 불칸.'

불칸에게는 울화통이 터질 일이겠지만 로이스는 진심으로 그건 고맙게 생각했다.

앞으로 다른 대마계의 대마왕들과 전투를 벌일 때 아주 유용하게 쓸 수 있을 테니까.

*　　*　　*

라키아 대륙 북부 체란산.

오크 마을 어귀.

팟—

로이스가 마치 그곳에 본래 있던 것처럼 모습을 드러냈다.

"여기도 무척 오랜만이네."

체란산의 수많은 봉우리와 계곡들.

하나도 달라진 것이 없었다.

변한 건 오크 마을이었다.

백여 채에 가까운 오크들의 움막들이 대부분 깨지고 부서져 있었다.

그뿐만 아니라 마을 안쪽에서 오크들의 비명 소리도 들려왔다.

"크아악!"

"크윽!"

뭐가 어떻게 된 건가? 로이스가 가 보니 오크들은 리자드맨들에게 얻어맞는 중이었다.

수백 마리의 리자드맨들.

그리고 그들의 두목으로 보이는 거대한 리자드맨!

그 신장이 언뜻 봐도 7로빗(m)은 되는 듯했다.

웬만한 오우거나 미노타우루스도 저 거대 리자드맨 앞에 서면 어린아이처럼 보일 정도였다.

그리고 체란산의 지배자라 불리던 오크 대장 라개드가 만신창이 상태로 마을 중앙에 묶여 있었다.

"크크크, 이제 체란산의 지배자는 나 불칸이 될 것이다."

"쿠와아아!"

"불칸!"

"불칸!"

리자드맨들이 일제히 창을 들며 외쳤다. 로이스는 그 모습을 보며 어이가 없었다.

'불칸이라고?'

두목 리자드맨의 이름이 하필이면 불칸인 모양이었다. 불칸은 실신한 상태로 머리를 축 늘어뜨리고 있는 라개드의 배를 창으로 푹 찔렀다.

그러자 라개드가 움찔하며 깨어나더니 불칸을 노려봤다.

"크윽! 뭐냐? 아직도 날 안 죽였냐? 라비쓰랄! 귀찮으니 빨리 죽여라. 퉤엣!"

역시나 라개드답게 저 꼴이 된 상태로도 기가 죽지 않은 듯했다.

이에 불칸이 창을 번쩍 쳐들고 키득거렸다.

"크크크! 네놈이 실신한 상태에서 죽이면 재미가 없지. 자, 이제 어디서부터 찔러 줄까?"

"아무 데나 찔러, 새꺄."

"그럼 눈부터 찔러 줄까?"

순간 라개드가 흠칫하더니 어색하게 웃었다.

"잠깐! 눈은 말고! 거긴 너무 아프단 말이다. 차라리 그냥 심장을 찔러서 단번에 죽여 줘!"

"그래? 그럼 눈부터 찔러 주마, 크크크!"

불칸은 라개드를 실컷 조롱하다 죽이려는 모양이었다.

슥.

그때 로이스가 번쩍 라개드와 불칸의 앞에 모습을 드러냈다.

"꼴좋구나, 라개드?"

"어? 너는? 로이스! 돌아온 거냐? 크하하! 정말 반갑다! 언젠가 네가 돌아올 줄은 알았다만."

라개드는 로이스를 보자 반색하는 눈치였다. 반면에 불칸은 로이스가 나타난 순간 이상하게 몸이 움츠러들어 꼼짝도 할 수가 없었다.

마치 석상이라도 된 것처럼 몸이 굳어 버린 것이다.

그사이 로이스가 라개드의 묶인 줄을 풀어 줬다.

"대체 어떻게 된 거야?"

"저놈이 준 고기를 먹고 잠이 들었는데 일어나 보니 이 꼴이다."

"고기라고?"

"부하가 되겠다며 먹음직한 고기를 가져와 바쳤는데 그 안에 독이 들어 있었다."

로이스는 어이가 없었다.

"체란산의 지배자라는 녀석이 그런 얄팍한 수작도 알아채지 못하다니!"

고기라면 자다가도 벌떡 일어나는 녀석이니 그럴 만하긴 했다.

로이스는 아공간에서 포션 하나를 꺼내 내밀었다.

[최상급 해독 포션]

—신성력의 힘으로 중독을 치료.

—해독과 동시에 생명력도 빠르게 회복됨.

예전에 사르곤 제국의 황제 라테르가 아공간의 창고에 넣어 둔 포션들 중 하나. 수천 병도 넘지만 거의 쓸 일이 없었는데 친구를 위해서 하나 꺼낸 것이다.

"마셔라."

"이건 뭐냐?"

"포션이라는 거지. 먹으면 독이 싹 사라질 거야."

"인간들이 먹는 약인가 보군. 맛이 어떤가 볼까?"

콸콸콸!

라개드는 포션을 단숨에 털어 넣었다. 시커멓게 변했던 안색이 금세 본래의 누르스름한 색으로 돌아왔다.

또한 전신의 상처도 말끔하게 사라졌다.

"크하하! 이 약 아주 좋은걸. 혹시 더 없냐?"

라개드가 입맛을 다시며 말했다. 약효 때문이 아니라 맛있으니 더 달라는 거다.

로이스는 이슬떡을 하나 내밀었다.

"배고프면 이거나 먹어."

"먹을 거냐?"

"아주 맛있는 거야."

"크흐! 그럼 먹어 주지."

라개드는 불쑥 받아서 입에 털어 넣으며 히죽 웃었다. 먹을 거라면 그게 뭔지 살펴보지도 않고 그저 입에 넣는 저 버릇은 여전했다. 하긴 그랬으니 독이 든 고기를 받아먹었겠지.

"고맙다, 로이스! 네가 아니었으면 난 지금쯤 고깃덩이가 되어 저놈의 배 속에 들어가 있을 거다."

"알면 됐어. 난 바쁘니 여긴 네가 알아서 처리해."

라개드가 멀쩡해졌으니 리자드맨들을 처리하는 건 일도 아니었다.

"어디 가냐, 로이스?"

"언덕 위 루비아나의 무덤."

"거긴 내가 항상 깨끗하게 청소해 놨다."

"그래?"

"언젠가 네가 올 거라 생각했거든."

그런 기특한 일을 하다니. 역시 친구밖에 없었다.

잠시 후 로이스는 루비아나의 무덤 앞에 섰다.

그리고는 아공간에서 꽃의 정화 수페르무스를 꺼내 무덤의 흙을 파고 묻었다.

그렇게 잠시가 지났을까?

갑자기 루비아나의 무덤에서 찬란한 빛이 번쩍였다.

그와 함께 붉은 꽃이 쑥 솟아올랐다.

인간의 크기만큼 자라오른 그 꽃은 잠시 고개를 두리번거리더니 뭔가 멍한 듯 움직임을 멈췄다. 그러다 그 꽃의 모습이 변하기 시작했다.

스스스.

싱그러운 풀색의 머리카락 아래 붉게 반짝이는 홍채.

막 눈을 뜨고서 멍한 표정을 짓고 있는 그녀는 루비아나가 틀림없었다.

"엄마!"

로이스는 설마 했지만 정말로 루비아나가 멀쩡하게 살아날 줄은 몰랐다.

"로이스! 이게 어떻게 된 일이니?"

루비아나는 막 잠에서 깨어나 몽롱한 표정을 지으면서도 지금 상황이 믿기지 않은 듯 말했다.

"난 분명 죽었는데 이상하네."

"엄마는 부활했어요. 내가 꽃의 정화 수페르무스를 심었거든요."

로이스는 초마화 사피아스를 해치우고 수페르무스를 얻은 사실을 얘기해 줬다.

그러자 루비아나가 감격해하는 표정을 지었다. 수페르무스의 힘이라면 자신이 되살아난 것이 이상하지 않았기 때문이다.

"정말 믿기지 않는구나. 네가 사피아스를 쓰러뜨리다니!"

"몸은 좀 어때요?"

"아주 멀쩡해! 이 정도면 천 년은 더 살 수 있을 거야."

"하하하!"

로이스는 크게 웃었지만 눈에서는 눈물이 흘러내렸다. 대마왕 불칸을 해치운 것보다 지금 루비아나가 부활한 것이 훨씬 기뻤던 것이다.

"로이스! 뭐하냐? 앗, 당신은?"

그때 라개드가 피투성이가 된 모습으로 뛰어 올라오다가 멈춰 섰다.

그 피는 물론 라개드의 피가 아니라 리자드맨들의 피였다.

라개드가 두목 리자드맨 불칸을 때려눕히자 리자드맨들은 모두 달아나 버렸다. 본래라면 끝까지 쫓아가 다 죽였겠지만, 로이스가 뭘 하는지 궁금해 올라왔던 것이다.

그러다 루비아나가 멀쩡히 살아난 걸 발견했으니 경악할 수밖에 없었다.

"아니, 네 녀석은?"

루비아나가 라개드를 노려봤다. 라개드는 넙죽 허리를 숙였다. 대체 어떻게 죽은 루비아나가 살아났는지 모르겠지만 일단 인사부터 하고 봐야 했다.

"헤헤헷! 안녕하세요, 루비아나 님?"

"글쎄다! 네 녀석 요즘도 우리 로이스를 괴롭히고 있니?"

그러자 라개드는 흠칫하더니 무슨 소리냐는 듯 고개를 빠르게 흔들었다.

“저, 절대 그런 적 없습니다요.”

순간 루비아나가 로이스를 쳐다봤다.

뭔가 기대 어린 눈빛.

로이스는 그 눈빛의 의미가 뭔지 잘 알고 있다.

‘미안하다, 라개드. 이따 맛있는 고기 줄게.’

곧바로 로이스는 짐짓 울상을 지으며 말했다.

“사실은 라개드가 괴롭혀요. 혼내 주세요!”

“역시 그렇군. 내 이 녀석을?”

“크흑! 로이스! 오랜만에 돌아와서도 이러기냐?”

라개드가 울상을 지으며 도망갔다. 그 뒤를 루비아나가 두 주먹을 불끈 쥐고 쫓아갔다.

체란산의 마화가 부활했다!

덕분에 앞으로 체란산의 지배자가 되겠다며 오크 마을을 찾아올 녀석들이 없어지겠지만, 라개드에게는 가혹한 맷집 늘리기 수련이 반복될 것이다.

그사이 로이스는 먹음직한 멧돼지를 찾아 나섰다.

‘고기를 주고 달랜 후 함께 샤론 대륙으로 가자고 해야지.’

로이스는 루비아나와 라개드에게 아시엘의 아스피스 성부터 시작해 수많은 용자의 성들을 구경시켜 줄 생각이었다.

릴리아나의 꽃밭으로 데려가 부하들도 소개시켜 주고, 절대용자들의 성과 대마계의 마궁들도 보여 줄 것이다.

츠으으읏!

그때 로이스의 앞쪽 공간이 갈라지더니 그곳에서 거대한 마전함이 모습을 드러냈다.

때맞춰 아이리스를 비롯한 부하들이 마전함을 타고 로이스를 찾아온 것이다.

"로드!"

"루비아나 님은 깨어나셨나요?"

아이리스, 로디아, 스텔라, 루니우스뿐만 아니라 란델, 라크아쓰도 왔다. 몇 안 되는 로이스의 직속 부하들.

대마계를 지키는 탈락티스만 빼고 다 온 것이다.

용자 아시엘도 마전함에서 내리며 환하게 웃었다.

"체란산은 정말 오랜만이네요. 이곳에서 처음 로이스 님을 만났던 기억이 나요."

"하하! 로이스 님! 이곳에 계시다 하셔서 함께 왔습니다. 황궁에 맛있는 것 많이 준비해 놨으니 꼭 들러 주십시오."

게다가 어떻게 연락이 됐는지 사르곤 제국의 황제 라테르도 모습을 보였다. 그 뒤로 용자 칼리스, 레온, 이꼬트 아린과 디안, 고양이 귀의 절대용자 라피스까지 나타나 고개를 두리번거렸다.

"후후, 모두 잘 왔어. 잠시 후면 엄마 루비아나가 올 거야. 너희들에게 소개시켜 줄게."

그들을 바라보는 로이스의 입가에 환한 미소가 맺혔다.

〈무적군주 로이스 끝〉

DREAMBOOKS

DREAMBOOKS★

DREAMBOOKS

DREAMBOOKS